同窓会の天使

霧原一輝

JN031722

双葉文庫

目次

第一章　腕のなかに憧れの未亡人　7
第二章　マゾ女のストレス発散　58
第三章　歓喜のバイセクシュアル　95
第四章　不倫人妻の真骨頂　135
第五章　空閨《くうけい》を守る若女将　181
第六章　昇華するジェラシー　226

同窓会の天使

第一章　腕のなかに憧れの未亡人

1

大分県立N高校の関東地区同窓会が新宿で行われたその夜——。

都心にそびえ建つ高層ホテルのガラス窓に、ストライプの洒落《しゃれ》た着物姿の谷口《たにぐち》彰子《あきこ》が映っていた。

当時、高校三年生だった青木大輔《あおきだいすけ》が、人生で初めて愛を告白したものの、見事に振られた女だ。

かつて愛情を寄せた彰子が、同窓会の夜に、ホテルの同じ部屋にいて、窓から都心の夜景を眺めている。

結《ゆ》いあげられた黒髪からのぞくうなじには熟《う》れた女の色気が宿り、その楚々《そそ》とした官能美に大輔はただ見とれる。

彰子の夫であり、大輔の級友だった石川省吾《いしかわしょうご》の葬儀に参列したのが、三年前。

未亡人として大分にいるはずの彰子が、まさかN高校の関東地区の同窓会に顔を出すとは——。

会場で、着物姿の彰子を発見したときは心底驚いた。そして、三年前と変わらぬ美しさに圧倒された。

会場で言葉を交わして、彰子は友人の勧めもあり、今はつらい記憶が残る故郷を離れて、東京の着物の着付け教室で働いていることを知った。

同窓会の後で、気の置けない友人四人での二次会に誘ったところ、意外にも彰子はついてきた。

その頃から、かつてのお堅い彰子とは様子が違うと感じていた。

どうしようもない寂しさを紛《まぎ》らわせるために、同窓会に出席したのではないのか——。

酒量が多く、酔いたがっているようにも見えた。

大輔は現在四十四歳で、彰子は四十二歳。

大輔も三十四歳で妻と死別していた。夫に三年前に先立たれた彰子とは同じ境遇であり、大輔も寂しさを抱えている。

それに、大輔は一度彰子に告白して、振られている。だからこそ、彰子を誘っても許されると感じた。

二次会を終えたとき、ダメもとで誘ってみた。すると、彰子は静かにうなずいた。

あまりにも上手くいきすぎて、不安を抱きながらも、彰子を新宿の高層ホテルの三十八階の客室に連れてきた。

何か言葉をかけると、それがきっかけとなって彰子に逃げられてしまいそうで、大輔は後ろからそっと着物姿を抱きしめた。

ビクッとしながらも、彰子はいやがらずに、昂然《こうぜん》として顔をあげる。

鏡のようになった窓ガラスに映っている二人を見て、振り向き、大輔に身体を寄せ、耳元で囁《ささや》いた。

「亡くなった夫を忘れるために、上京したんです。でも、彼はまだわたしを縛りつづけている。お願い、省吾さんを忘れさせてください」

大輔はその瞬間、心のなかで快哉《かいさい》を叫んでいた。

石川省吾は級友であり、恋敵であった。どれだけ彼を憎み、二人に嫉妬《しっと》したことか――。

渦を巻く歓喜に突き動かされるように、お太鼓《たいこ》に結ばれている帯のなかに手を入れて、抱き寄せ、唇を重ねる。

誘うと、彰子の舌がおずおずと伸びてきた。

抑えていたものを解き放つかのように舌づかいが激しくなり、それとともに大輔のイチモツが一気に力を漲《みなぎ》らせる。

硬いものを感じ取ったのだろう。彰子の手がおりてきて、ズボンを突きあげているイチモツをおずおずとさすってきた。

「くっ……！」

感電したような衝撃に、大輔の下腹部は炎《ほのお》さながらに燃え立った。

彰子は舌をからめながら、ズボンの股間を情熱的に撫《な》でさすってくる。抑えていた心のうちを、徐々に解き放つような指づかいが、今の彰子の昂《たかぶ》りを表しているように思えた。

ズボンのなかでいきりたつものをしなやかな指がさすり、ついには握ってくる。

キスはますます激しくなり、喘《あえ》ぐような息づかいを唇に感じる。

女性は四十路《よそじ》を迎えると性欲が増すという。

彰子は四十二歳で、三年前に省吾を亡くしている。この三年で澱《よど》みのように溜まった寂しさと裏返しの欲望が、彰子を大胆にさせているのだろう。

(よし、わかった……)

大輔は唇を離して、彰子の背後にまわった。

後ろから右手をまわして、ストライプの小紋の衿元《えりもと》から、なかにすべり込ませる。

襦袢《じゅばん》の下には、柔らかくて、たわわな胸のふくらみが息づいていて、それを包み込もうとすると、

「うんっ……！」

彰子は息を呑《の》んで、びくんっと震える。

だが、大きな手がしっとりと汗ばんだ乳房をとらえて、柔肌《やわはだ》に食い込むと、

「……ぁああ！」

彰子は顎《あご》をせりあげて、身を任せてきた。

子供はいないようで、赤ん坊に吸われたことのない乳房はたわわでありながら、柔らかく沈み込み、指が乳首に触れると、

「あんっ……！」

彰子はびくんとして、大輔の腕をつかんだ。

（ああ、俺は十八歳のときから、ずっとこうしたかった）

大輔はふくらみをつかんだ指を狭《せば》めていき、頂上の突起をつまんだ。かるく転がすうちに、乳首は一気に硬くしこってきて、

「んっ……あっ、んっ……」

彰子は必死に喘ぎ声を押し殺しながら、いやいやをするように首を振る。

そのしどけない仕種《しぐさ》が、大輔をオスにさせる。

股間のものがいっそう力を漲らせ、その力強くそそりたつものを彰子に知ってほしくなる。彰子の手をつかんで、後ろに導いた。

ズボンを突きあげているものに触れた途端に、彰子の耳の後ろが赤く染まり、しなやかな指がズボン越しに勃起《ぼっき》を握って、静かにしごいてくる。

肉棹《にくざお》が蕩《とろ》けていくような快感のなかで、柔らかな乳房を揉《も》みしだき、乳首を捏《こ》ねた。

着物の圧力を押し退《の》けて、カチカチになった突起の頂上を押すように捏ね、さらに、両側から乳首を挟んで転がした。

彰子は左右に顔を振っていたが、やがて、顎がせりあがり、

「ぁあぁぅぅ……」

こらえきれないといった喘ぎを長く伸ばした。

へっぴり腰になり、内股になって、がくがくっと膝《ひざ》を落とす。そうしないと崩れ落ちてしまうとでもいうように、大輔の勃起を握りしめている。

その所作《しょさ》が大輔の背中を押した。

「ベッドに行きましょう」

耳元で囁き、思い切って、彰子をお姫様抱っこした。

恥《は》ずかしそうにしがみついてくる着物姿の彰子を横抱きにして、大輔はベッドに運ぶ。

2

彰子はベッドの前に立って、しゅるしゅると衣擦《きぬず》れの音を立てて、帯を解いた。

さらに、着物を肩から落とすと、燃え立つような緋《ひ》襦袢がそのむっちりとした肢体に張りつき、半衿《はんえり》の白さと真っ赤な襦袢、さらに色白の肌との鮮やかなコントラストに股間を射抜かれた。

彰子は結われていた髪を解くと、長襦袢姿でベッドにあがる。それを見て、大輔も急いで服を脱ぐ。

ブリーフをおろすと、いきりたつものがぶるんと頭を振って、それを目にした彰子が、ハッと息を吞むのがわかった。

その一瞬大きく見開かれた彰子の目が、大輔を奮いたたせる。

夫を亡くしてからこの三年、彰子はおそらく男に抱かれていない。熟れた肉体が男根を求めているのだ。空閨《くうけい》の寂しさを埋めてほしいのだ。

大輔はベッドにあがって、右腕を伸ばした。すると、彰子は二の腕に頭を乗せて、横臥《おうが》し、大輔の胸板を右手でなぞる。

すべすべした手が胸に触れて、ぞわぞわっとした快感がひろがっていく。

彰子が口を開いた。

「こんなこと、言わないほうがいいのかもしれないけど……」

「何？　知りたいよ」

「……わたし、男の人、省吾さんしか知らないのよ」

彰子がまさかのことを言った。

「省吾にしか抱かれていないってこと？」

うなずいて、彰子は胸板に顔を埋める。

「恥ずかしいわ……でも、青木さんには知っておいてほしかった」

大輔は顎の下にある頭を撫でる。衝撃的な告白だった。

彰子は大学を出て、地元の会社に就職し、間もなく省吾と結婚したから、確かに他の男とつきあう時間はなかったのかもしれない。

そして、先立たれてもなお、省吾一筋だったのだ——。

彰子のその純粋さを知ったことが何よりもうれしかった。想像していた以上に彰子は「いい女」だった。

しかし同時に、一種の哀れみも感じた。

「引いた？　この歳になるまでひとりの男しか知らないって、おかしい？」

彰子が顔をあげて、上から不安そうに大輔を見た。

「いや、むしろ前よりきみを好きになった。正直、省吾には嫉妬している。彰子さんのようないい女にそこまで一途《いちず》に愛されたんだから。だけど、あいつはもうあっちに行ってしまった。それが、唯一《ゆいいつ》の救いだ。今、俺は思っている。俺にもきみにつけいるチャンスはあるんじゃないかって……」

大輔は上体を起こし、彰子の両手を頭上に押さえつけた。

彰子が省吾以外の初めての男として、自分を選んでくれた、その選択に報《むく》いたかった。自分のほうが省吾より相応《ふさわ》しい男であることを、彰子の身体に刻《きざ》み込みたかった。

目を見ながら顔を寄せると、彰子がアーモンド形の目を閉じた。

長い睫毛《まつげ》と光沢のある瞼《まぶた》を見ながら、赤い唇を唇でふさいでいく。

チュッ、チュッとついばむようなキスを浴びせ、唇を舐《な》めた。ぷるんとした唇を感じながら、緋襦袢越しに乳房をつかむと、

「ぁあああっ……！」

彰子の唇の隙間から、あえかな喘ぎが洩《も》れた。

キスをしながら、胸のふくらみを揉みしだく。長襦袢越しにも、その豊かな弾力が伝わってくる。

大輔はじかに触りたくなって、キスをやめ、緋襦袢をつかんで、ぐいと押しさげる。

白い半衿が、開きながらさがっていき、真っ白な乳房がこぼれでた。

乳輪の色がちらつき、さらに押しさげて、袖《そで》から腕を抜くと、緋襦袢がもろ肌脱ぎになって、乳房が完全にあらわになった。

（これが、彰子のオッパイか……）

目を見張らずにはいられなかった。

Ｅカップぐらいで、柔らかそうなふくらみが急激に盛りあがり、頂上より少し上に控えめな乳首がツンと上を向いている。

首すじがほっそりしているせいか、胸のふくらみが強調されて、そのアンバランスなほどの対比が、大輔の性的嗜好《しこう》を満たした。

「いやっ、見すぎよ」

彰子が恥ずかしそうに胸を手で隠した。

「ゴメン。あんまり見事なバストだから、見とれてしまった。手を離してくれるとうれしいんだけど……」

「青木さんが、して」

それはそうだ。そこまで女性にやらせるのは、かえって失礼だ。

大輔は両手をつかんで、乳房から離し、あらわになったふくらみをそっとつかんだ。

マシュマロのように柔らかな乳房をそっと揉みあげ、乳首にチュッとキスをする。

「んっ……！」

びくっとして、彰子は顔をのけぞらせた。

敏感だった。とても感受性が鋭《するど》い。

揉みしだきながら、濃いピンクの突起につづけざまにキスをした。それから、下からじっくりと舐めあげる。

唾液の載った舌が突起をなぞりあげていくと、

「ぁああぅぅぅ……」

こらえきれないといった声をあげて、彰子は仄白《ほのじろ》い喉元《のどもと》をさらす。

ふっくらとした乳房の向こうに見える、筋の浮き出た細い首すじとやや尖《とが》った顎のライン――。

こんなに美しい女を、省吾は独り占めしていたのだ。そして、死んでもなお、彰子の心身を縛っている。

彰子のようないい女は、死んだ男から解放されるべきだ。

大輔は慎重かつ大胆に、乳首に舌を走らせながら、もう片方のふくらみも揉みしだく。

こうしていると、カチカチになった乳首と柔らかすぎる乳房の硬さの違いがよくわかる。

たまらなくなって、乳首を吸った。チューッと吸いあげると、乳首が円柱形に伸びて、口のなかに入り込み、

「いやぁあああ……！」

彰子は顔を大きくのけぞらせる。だが、心からいやだと言っているようには見えない。

いったん吐き出して、唾液まみれの乳首を指先でくりくりと転がし、トップをかるく叩いた。

そうしながら、もう片方の乳首に吸いつき、上下左右に舐める。

それを繰り返しているうちに、彰子の気配が変わった。

「あああ、あうぅぅ……いやいや、恥ずかしい」

そう口走りながらも、緋襦袢の裾《すそ》は乱れ、仄白い太腿《ふともも》が見え隠れする。

やがて、緋襦袢に包まれた下腹部が何かを求めように、ぐぐっ、ぐぐっと持ちあがってきた。

こうしてほしいのだろうと、乳首を舐め転がしながら、右手をおろしていき、長襦袢を割った。

仄白い太腿がのぞき、その内側を撫であげる。

「はぁぁ……！」

彰子はいったん膝をゆるめ、それを恥じるように、ぎゅうとよじりたてる。

太腿に圧迫されながらも、ぐいと手を上にずらした。

花芯に届いたのか、柔らかな繊毛《せんもう》とともに湿った柔肉を感じる。

潤《うる》みがかっている箇所《かしょ》を指先でなぞりあげると、閉じていた花びらがわずかに開いて、ぐちゅっと指が沈み込み、

「ぁあうぅ……！」

彰子の逼迫《ひっぱく》した声とともに、顎がせりあがる。

乳房の頂《いただき》をしゃぶりながら、突きあがる顎と高い鼻先を見あげた。それから、顔をおろしていき、彰子の足の間に腰を割り込ませる。

膝を開かせると、緋襦袢がはだけて、仄白い太腿と漆黒《しっこく》の翳《かげ》りが目に飛び込んできた。

「い、いやっ……」

彰子が太腿を内側によじりあわせる。

「省吾を忘れたいんだろ？　俺も恥をさらす。だから、きみもすべてをゆだねてほしい。羞恥心なんて持たないでほしいんだ」

訴えると、彰子は大輔の気持ちを理解したのか、身体から力を抜いた。

大輔はすらりとした足をつかんで開き、翳りの底に顔を寄せる。

甘酸っぱいヨーグルト臭がただよう女の花園は、肉びらが左右にひろがって、わずかに内部の赤みがのぞいている。

出産経験のない花芯は、いまだ瑞々《みずみず》しく、淡いピンクにぬめ光っていて、使用感はほとんど感じられない。

省吾が大切に扱ってきたのだろう。

いっぱいに舌を出して、狭間《はざま》を丁寧《ていねい》になぞりあげる。仄《ほの》かなヨーグルト臭が心地よく、舌が湿った粘膜をさすりあげていくと、

「んんんっ……」

彰子が悩ましく喘ぎをこらえる。

もう一度、舌でさすりあげると、

「はぁあああぅぅぅ……」

彰子はのけぞって、顎をせりあげる。

つづけざまに狭間を舐めると、糸を引くような喘ぎが長く伸び、持ちあげられた白足袋《しろたび》に包まれた足の指が、内側に折り曲げられたり、反対に反りかえったり

した。

狭間の左右にも舌を這《は》わせ、さらに、上方の肉芽《にくが》を弾《はじ》くと、

「ぁあああ……ダメ。そこ、ダメです……あっ、くぅぅ」

彰子はぐんとのけぞり、両手でシーツを鷲《わし》づかみにした。

（やはり、クリトリスがいちばん感じるんだな）

大輔は足を放して、右手の指で包皮を引っ張りあげる。くるっと剝《む》けて、珊瑚《さんご》色《いろ》の本体があらわになった。

そこに舌を這わせるうちに、どんどん大きくなり、真っ赤に充血した肉の真珠をかるく吸い込むと、

「やぁあああ……！」

彰子は嬌声《きようせい》をあげて、陰毛の張りつく恥丘をぐんとせりあげた。

大輔は持ちあがった恥丘に張りつくようにして、クリトリスを舐める。

剝かれた本体に、舌を上下に走らせると、

「ぁああ、あああうぅ……もう、もう……」

彰子は焦《じ》れたように腰を上下に揺すって、何かをせがんでくる。

「どうしてほしい？」

訊《たず》ねると、彰子は何か言いかけて、やめた。

おそらくすでに挿入《そうにゅう》は許してくれるだろう。だが、その前にどうしても彰子にしてもらいたいことがあった。

大輔はベッドに立ちあがった。いきりたつものが頭を振って、揺れる。

それをちらりと見た彰子が何ともいえない表情で目を伏せる。

「きみにこれを口でかわいがってほしい。いやなら、無理しなくていい」

言うと、彰子は緋襦袢を脱いで、白足袋だけの姿になった。

艶《なま》めかしい裸体をしていた。

ミルクを溶かし込んだような色白の肌は、むっちりと張りつめ、ところどころ青い血管が透《す》け出ている。

長い黒髪が扇状《おうぎじょう》に垂れ、下腹部の陰毛はびっしりと長方形に生えていた。

乳房も尻も発達しているのに、全体はほっそりしていて、そのくびれたラインが男をかきたてる。

仁王立《におうだ》ちした大輔の前にしゃがんで、彰子は正座の姿勢から尻をあげ、いきりたつものをそっと握った。

大切なものを扱うような仕種《しぐさ》がたまらなかった。

血管の浮き出た、反りかえるイチモツを腹に押しつけて、裏のほうに顔を寄せる。

裏筋に沿って、ツーッ、ツーッと舐めあげられると、ぞわぞわとした快感が走り、分身が頭を振った。

すると、彰子がびっくりしたように目を見開いて、大輔を見あげてきた。

枝垂《しだ》れ落ちる黒髪をかきあげて、じっと大輔と目を合わせる。

それから、目を伏せて、また裏筋に舌を走らせる。

（あの彰子が、今、俺のペニスを舐めてくれている！）

相手が自分を振った女性であるだけに、その悦《よろこ》びは格別だった。

彰子は亀頭冠《きとうかん》の真裏にある包皮小帯にちろちろと舌を躍らせて、吸った。

そのまま顔を横にして、裏筋にキスを浴びせ、根元まで唇をすべらせる。

根元から、今度は正面を向いて、裏筋を舐めあげると、そのまま上から頬張《ほおば》ってきた。

唇を開いて、カリの張った亀頭冠を含み、そこで顔を小刻《こきざ》みに上下動させる。

「あっ……くっ」

あまりの心地よさに、大輔は奥歯を食いしばった。

気持ち良すぎた。

亀頭冠とその裏側は男がもっとも感じるところだ。そこに唇を引っかけるようにして、つづけざまに短くストロークされると、この世のものとは思えない快感がうねりあがってきた。

「ぁああ、ダメだ。やめてくれ！」

とっさに腰を引くと、彰子はちゅっぱっと吐き出して、唇の唾液を手の甲で拭《ぬぐ》い、熱い目で見あげてきた。

黒髪をかきあげて、もう一度顔を寄せ、今度は肉棹の根元を握り、ゆったりとしごく。

そうしながら、ふたたび途中まで頬張って、

（気持ちいいですか？）

と、問うような目で見あげてきた。

「気持ちいいよ。最高だ」

思わず言うと、彰子は目尻をさげ、目を伏せた。

今度は、深く頬張ってきた。

茎胴から手を離して、静かに唇を根元まですべらせる。

切っ先で喉を突かれたのか、

「ぐふっ、ぐふっ」

と、噎《む》せた。

それでも、吐き出そうとはせずに、もっとできるとばかりに、陰毛に唇が接するまで大胆に頬張ってくる。

苦しいはずだ。なのに、禍々《まがまが》しくそそりたつ男のものを、もっと口腔《こうこう》深く招き入れようとする彰子の気迫に、胸を打たれる。

彰子は大輔の腰を両手でつかみ寄せ、いきりたつものを口におさめて、ゆっくりと大きく顔を打ち振る。

そのたびに、長い黒髪がさらさらと揺れ、Oの字に開かれた赤い唇が肉棹にからみつきながら、すべった。

(ぁああ、俺は今、最高の瞬間を味わっている!)

大輔はもたらされる快感に酔いしれる。

3

イチモツが蕩けていく。蕩けながらも、漲ってくる。そして、早く彰子のなかに入りたいと、いっそう硬く、反りかえる。

それがわかったのか、彰子は速く、大きいストロークを繰り返した。亀頭冠を中心に小刻みに往復されると、ついには、ジーンとした痺《しび》れにも似た熱さが、極限までふくれあがってきて、

「ぁああ、くっ……ありがとう。出てしまうよ」

大輔は口腔から勃起を抜き取る。

彰子は口角《こうかく》に付着した唾液を指で拭いながら、そそりたつ肉棹をちらりと見る。その所作が途轍《とてつ》もなく色っぽく感じられた。

肩で息をする彰子をベッドに寝かせ、膝をすくいあげる。

彰子はもう抗《あらが》わずに、されるがまま身を任せ、横を向いている。

大輔は濃い恥毛の流れ込むところに切っ先をなすりつけて、沼地をさぐった。洪水《こうずい》状態の花芯を亀頭部が押し、そこが割れて、ぬるりと嵌《は》まり込んでいき、

「うあっ……ぁあああうぅぅぅ」

彰子は顔をのけぞらせ、右手の甲を口に添えて、喘ぎを押し殺した。同時に、

「くっ……！」

と、大輔も奥歯を食いしばっていた。

彰子の膣内《ちつない》は熱いと感じるほどに滾《たぎ》っていて、ただおさめているだけなのに、蕩けた粘膜がうごめきながら、肉茎にからみついてくる。

微塵《みじん》も動けなかった。

少しでも抜き差しをしたら、あっという間に放ってしまいそうだ。

大輔は両手で膝裏をつかんでひろげ、ぐっと押しつけるようにしている。

足を大きくM字開脚されて、漆黒の翳りの底に、男のシンボルを突き刺されて、のけぞっている彰子――。

(俺はこの二十数年の間、心の底でいつもこうなることを望んでいた)

実際に願いが叶って、あらためて彰子への強い憧憬《しょうけい》に気づかされた。

大輔は射精をこらえて、おずおずと腰をつかう。

膝裏をつかんで、慎重に抜き差しをする。すると、浅瀬を擦《こす》るだけで、

「んんっ、ぁああ……うっ、はぁああうぅぅ……」

彰子は抑えきれない喘ぎをこぼして、顎をせりあげ、右手の甲を口に添える。

あらわになった腋《わき》の下がたまらなくエロチックだった。

大輔は膝を放して、覆《おお》いかぶさっていく。

女体を抱きかかえて、徐々に深いストロークに切り換えていった。

すると、彰子は顔をのけぞらせて、

「あんっ、あんっ、あんっ」

艶めかしく喘ぎながら、大輔にぎゅっとしがみついてくる。

とろとろに蕩けた膣の粘膜がまったりとからみついて、大輔はその快感に酔いしれながら、唇を奪った。

舌を口に差し込みながら、抜き差しをする。

すると、彰子も舌をからめてきて、いっそうぎゅっとしがみついてくる。

今、二人はひとつになっている。その一体感が大輔を大胆にさせる。

キスをおろしていき、乳房を揉みあげながら、頂上に唇を寄せる。チュッ、チュッとついばむようなキスを浴びせ、突起を頬張った。

すでに乳首はかちんかちんにしこり、それを唇で擦ると、乳首が揺れて、

「ぁあああ、ああうぅぅ……気持ちいいの。恥ずかしいわ……」

彰子が訴えてくる。

「いいんだよ、すべてをさらしてほしい。彰子が気持ち良くなってくれれば、俺もうれしい。もっと乱れてほしい。省吾を忘れるんだろ？」

言い聞かせると、彰子はこくんとうなずいて、ふたたびキスを求めながら、抱

きついてくる。

大輔も舌をからめる。舌と舌をぶつけあいながら、腰をつかった。

怒張《どちょう》を奥まで打ち込んで、底のほうをぐりぐりと捏ねた。そうしながら、舌をからませていると、

「んんっ、んんんっ……ぁあああうぅぅ」

彰子はキスをしていられなくなったのか、唇を離して、ぐっと顔をのけぞらせた。

両手を開いて、シーツが皺《しわ》になるほど握りしめる。

大輔は腕立て伏せの形で、足を伸ばして、怒張を打ち据《す》える。

切っ先で奥までえぐりたてると、

「あんっ、あんっ、あんっ」

彰子は華やかな声をあげて、いっそう強くシーツを鷲づかみにする。

打ち込むたびに、たわわな乳房がぶるるん、ぶるるんと波打って、乳首も縦に揺れた。

長い黒髪が扇状に散って、その中心で優美な顔が快楽にゆがんでいる。

すっきりした眉《まゆ》を八の字に折って、今にも泣きださんばかりの切羽詰《せっぱつ》まった表

情に変わっている。

(ああ、谷口彰子はベッドではこういう悩ましい顔をするのか……男をかきたてる顔だ)

大輔は優雅な美貌がゆがむさまに見とれつつ、徐々に打ち込みのピッチをあげていく。

彰子は顔をのけぞらせ、ふっくらとした唇を噛んだり、舐めたりしながら、ぐぐっ、ぐぐっと顎をせりあげる。

大輔が浅瀬をかるくピストンすると、それに焦《じ》れたように、彰子は自分から下腹部を持ちあげる。

「奥がいいんだね?」

確かめた。彰子は恥ずかしそうに顔をそむけて、小さくうなずく。

大輔は上体を立てて、細くくびれたウエストをつかみ、引き寄せながら、怒張を奥へと送り込む。

足をM字に開いた彰子は、それがいいのか、

「ぁああ……あんっ、あんっ、あんっ……ぁああ、気持ちいいの。大輔さん、わたし、あなたに抱かれて、ほんとうによかった」

顔を持ちあげて、アーモンド形の目を向けてくる。

髪は乱れ、目はとろんとして潤んでおり、その艶《あで》やかな姿が大輔をいっそう熱狂させる。

「きみが省吾と結婚したときは、正直言って、二人を恨んだ。省吾が逝《い》ったときは、ゴメン……これで、もしかしたら俺も、と思った。同窓会できみを見たとき、心が躍った。今は、夢のようだ。これは夢ではないよな？」

大輔は正直に伝えた。すると、彰子はうなずいて、

「省吾さんを忘れさせて。もっと、強く、わたしをメチャクチャにして」

潤みきった瞳でじっと見つめてくる。

「よし、メチャクチャにしてやる。彰子の身体から、省吾を追い出してやる」

大輔は彰子の膝裏をつかんで、ぐいとひろげながら、押さえつける。

M字に開いた下半身に、今まで以上の力を込めて屹立《きつりつ》を叩き込む。

分身が深いところに嵌まり込んでいき、深々と貫《つらぬ》いているという実感がある。

そして、強く打ち据えるたびに、彰子はたわわな乳房を揺らし、白足袋に包まれた親指を折り曲げ、反《そ》らせる。

思いついて、白足袋を脱がした。

あらわになった足はとてもきれいな形をしていた。驚いたのは、赤いペディキュアをしていたことだ。

白足袋を履いている間は決して見られることのない足の爪に、化粧をしている。そのことに、大輔は強烈な女の美意識を感じた。

愛《いと》おしくなり、足指に舌を走らせる。親指から小指にかけて、斜めの直線で短くなっていく指が、見事だった。

親指を頬張って、フェラチオするように動かすと、

「いや、汚いわ」

彰子がぎゅうと親指を内に折り曲げる。

大輔は腰をつかって、怒張を打ち込みながら、親指を頬張る。すると、徐々に親指が伸びて、力が抜けた。そのまっすぐに伸びた親指をしゃぶる。

そうしながら、深いところに打ち込んだ。いきりたっているものが子宮口を打ち、それがいいのか、

「ぁあぁうぅぅ……！」

彰子は大きく顔をのけぞらせて、足の親指を反らせる。

大輔が親指をしゃぶりながら、打ち込んでいくと、彰子の様子がさしせまった

ものに変わった。

「あんっ、あんっ……ぁあああ、いやいや、これ以上はダメ……」

「どうして、ダメなんだい？」

「……どうしても」

「いいんだぞ。素直に今の自分をさらせよ。俺は省吾以外の初めての男に選ばれたことに、誇りを覚える。いいんだ。あいつのことは、もう、いいんだ」

膝裏をつかむ指に力を込め、体重を一点に集めて、ぐいぐいとえぐり込ませた。

「あんっ、あんっ、あんっ」

彰子の手が彷徨《さまよ》って、シーツを鷲づかみにした。ぐっと顎を突きあげて、何かに備えるように息を止める。

大輔がつづけざまに叩き込んだとき、

「イキます……イク、イク、イク……くっ！」

彰子は大きくのけぞって、がくん、がくんと躍りあがった。

4

彰子は気を遣《や》って、ぐったりとしている。

だが、膣だけは活発にうごめいて、大輔のいまだ健在な勃起を包み込んでくる。

女性の全員がそうではないだろうが、彰子の場合は昇りつめると、膣から余計な力が抜けて、まったりした粘膜のからみつきがひどく心地よいのだ。

それに、大輔はまだ放っていない。これなら、もっと彰子を攻めたてられる。

彰子は一度、気を遣ったくらいでは、心のうちから省吾を追い出すことはできないだろう。

大輔は彰子の回復を待って、いったん結合を外し、彰子をベッドに這わせた。

白足袋も脱がされて、一糸《いっし》まとわぬ姿になった彰子は、緩慢な動作で白いシーツに四つん這いになる。

もっと足を開くように言うと、彰子はおずおずと膝を開き、肘《ひじ》で上体を支えた。

ぐっと姿勢が低くなり、持ちあがった尻は官能美にあふれている。

彰子は羞恥心もなくなったのか、指示されるままに尻をぐいと持ちあげて、挿入を待っている。

どんなに高貴な女でも、一度気を遣れば、プライドは失せて、本能だけが残るものだ。

だから、男は女をイカせるために躍起になる。死力を尽くすのだ。

大輔は姿勢を低くして、怒張に荒らされた花園を舐めた。

おびただしい蜜でぬめる狭間をぬるっと舌でなぞりあげると、

「ぁあああぅぅ……」

彰子はうっとりとした声を長く伸ばして、顔を撥ねあげる。

薔薇色《ばらいろ》にぬめる粘膜をさらに舐めると、彰子は心から感じている喘ぎを洩らして、尻をせりだしてきた。

大輔は両膝を突いて、猛《たけ》りたつもので沼地をなぞった。

「ぁああ、ぁあああ、ちょうだい」

彰子はせがんで、後ろの大輔を見る。その情欲に潤んだ瞳が、大輔をオスにさせる。

切っ先を尻の割れ目に沿っておろしていき、濡れた窪地《くぼち》に押し当てた。

じっくりと押し込んでいくと、肉びらがひろがって、切っ先がすべり込んでいき、

「はうぅぅぅ！」

彰子はがくんと顔を撥ねあげた。

しなった背中を見ながら、ゆったりと抜き差しをすると、熱く滾った膣がぐちゅ、ぐちゅと音を立てて、肉襞《にくひだ》がイチモツを包み込んでくる。

「くうぅぅ……！」

射精しそうになって、大輔は必死にこらえた。

しかし、一度気を遣った膣はいっそう柔らかくからみついてきて、煮詰めたトマトに出し入れするような快感が肉柱からひろがってくる。

（ああ、俺はこのオマ×コから、もはや逃れられないかもしれない）

そう感じながら、大輔はウエストをつかみ寄せて、じっくりとストロークする。

強くは突かずに、浅瀬を何度も擦りあげると、彰子は焦れたように腰をせりだしてくる。

試しに、ストロークをやめると、ややあってから、彰子は自分から腰を前後に

振って、

「ぁああ、いや、いや…わたし、何をしているの？　ゴメンなさい。腰が勝手に動くの。勝手に……。ぁあああ、突いてください。これ以上、わたしに恥をかかせないで」

彰子がさしせまった様子で言って、尻を突き出してきた。

彰子が腰を後ろに差し出すタイミングをはかって、大輔は屹立を突き出す。

切っ先がずりゅっと膣をうがって、奥まで届き、

「あはっ……！」

彰子は大きく背中をしならせる。

大輔は両手でウエストをつかみ寄せながら、じっくりとストロークを味わった。

一度、絶頂を極めた膣は余分な力が抜けて、柔らかく、まったりと硬直を包み込みながら、波打つようにからみついてくる。

そこをうがつと、イチモツに無数のミミズがうごめきながら、まとわりついてくるようで、大輔はえも言われぬ感触にひたった。

浅瀬を繰り返して擦り、焦れさせておいて、いきなり、ズドンッと奥まで届か

せる。

「うはっ……！」

彰子は背中を弓なりに反らせて、頭髪を振りあげ、その余韻《よいん》を味わっているのか、がくん、がくんと細かく震える。

大輔は子宮口をぐりぐりと捏ね、ゆっくりと引いていく。

それから、膣の途中までの抜き差しを繰り返した。突くよりも、引くときに力を込める。こうすると、カリがGスポットを外側へと引っかき、女性の快感はいや増すのだ。

四十四歳になれば、そのくらいはわかる。

大輔は現在、資材メーカーの課長をしているが、妻を亡くしてから、それなりに女性と交際はしてきた。だが、愛する女を亡くしたというショックが尾を引いて、再婚しようという気にはならなかった。

しかし、今、抱いている彰子はこれまでの女性とは違って、特別な存在だった。

「右手を後ろに……」

言うと、彰子はおずおずと右手を差し出してくる。

大輔はその前腕を握って、後ろに引っ張る。強く打ち込むと、衝撃が逃げずにもろに伝わり、

「ぁあんん……！」

彰子の洩らす声が激しさを増した。

すべすべの前腕を握りしめ、自分も少しのけぞるようにして、屹立を前へ前へと突き出すと、それが深々と膣をうがって、

「あんっ、あんっ、あんっ……ぁあああ、苦しい……」

彰子が半身になって、目で訴えてきた。

大輔が少し弱めながらも抜き差しをつづけたのは、彰子がその苦しみをほんとうにいやがっているようには見えなかったからだ。

ゆったりと腰をつかいつづけるうちに、

「ぁああ、おかしいの。わたし、へんになってる……」

彰子が言う。

「へんになってるって？」

「……強く、突いてほしい。苦しいのに、もっと欲しい……メチャクチャにしてください」

そう訴える彰子は、何かをせがむような目になっていた。

「わかった。メチャクチャにしてやる」

大輔はがしっと腕を握りしめて、徐々に強いストロークに切り換える。

腕を後ろに引きながら、つづけざまに打ち据えると、パチン、パチンと音がして、

「あん、あんっ……ぁあああ、許して……もう、許して」

彰子がさもつらそうに言う。

「ダメだ。許さない」

大輔は後ろに反りながら、いきりたつものを突き刺していく。

「あんっ、あんっ、ぁあああん……！」

後ろから嵌められて、彰子は華やかな声をあげ、頭を後ろに撥ねあげる。

黒髪が躍り、肩甲骨《けんこうこつ》が浮き出ている。四十二歳とは思えぬほどにきゅっとくびれた細腰から、急峻《きゅうしゅん》な角度でヒップが張り出していた。

熟れた丸みに向かって、勃起を突き出すと、それが深々と膣を貫いて、

「あんっ……！」

彰子ががくんとのけぞる。

大輔をソデにして、級友の省吾を選んだ女を、どこかで痛めつけたいという気持ちがあったのかもしれない。

「こっちの手も……」

大輔は左手もつかんで、後ろに引っ張った。

両手の前腕を握って、放さないようにがっちりとつかみ、後ろに引く。

彰子の上半身が持ちあがり、突き出た尻の底に、屹立を深くめり込ませた。

後ろに引っ張りながら、たてつづけに打ち込むと、

「あんっ……！　あんっ……！　はうぅぅ」

彰子は上体を斜めにさせて、両腕を後ろに引かれた格好で、悩ましい声を放った。

彰子を支配しているという思いが、大輔を昂らせる。

もっと彰子に逼迫した声をあげさせたかった。このアクロバチックな拘束《こうそく》した体位で、彰子を思う存分に貫きたかった。

「あんっ、あんっ、あんっ……ぁあああ、もう、もう、ダメっ……」

彰子が弱音を吐いた。だが、それが本心でないことはわかっている。

太腿に彰子の尻を乗せるような格好で、思い切り突いた。

彰子の喘ぎが弾《はず》み、徐々にさしせまってくる。

「いやいや……大輔さん、わたし、またイッちゃう！」

彰子が頭を左右に振った。

「いいんだよ。イッて」

「恥ずかしい……大輔さんもイッて。いいのよ、出して。わたし、妊娠できないの」

彰子のまさかの言葉が、大輔の胸に重く響いた。

（そうか……それで、二人には子供がいなかったんだ）

悲しい現実だった。

しかし、中出ししても妊娠しないという事実は、男にとって性的な意味では極めて都合のいいことだった。

大輔はその姿勢で思い切り、腰を跳ねあげた。

「あん、あん、あん……うはぁああ！」

彰子はのけぞりながら、絶頂に達して、がくん、がくんと揺れながら、前に突っ伏していく。

大輔もその後を追って、腹這いになった彰子に覆いかぶさった。

時々、痙攣《けいれん》する女体を上から抱きしめて、なおも腰をつかう。

彰子は尻だけを突きあげて、打ち込みを受け止めている。

「出そうだ。出してもいいんだな？」

「ええ……」

彰子がうなずいた。

「こうなったから言うわけじゃないが、きみを忘れたことはなかった。これからもつきあってほしい」

思いを伝えても、彰子は返事をしなかった。

それでも、たおやかな尻の弾力と膣の締めつけが、大輔の背中を押す。

「出そうだ。彰子、彰子！」

呼び捨てにして、つづけざまにえぐったとき、大輔は目眩《めくるめ》く絶頂に押しあげられて、男液を思い切りしぶかせていた。

5

シャワーを浴びた二人は、バスローブ姿で向かい合わせのソファ椅子に腰をおろした。

何度も気を遣った彰子は、肌もつやつやで、情事の後の色香をただよわせている。

足を揃えて斜めに流しているが、ショートのバスローブからはむっちりとした太腿が半ばのぞいていて、ついつい視線がそこに吸い寄せられる。

大輔が、彰子のしている着付けの仕事を話題にすると、彰子は逆に大輔の仕事を訊《き》いてきた。

大輔は自分が資材メーカーの販売課長をしていることを告げると、彰子が言った。

「大輔さん、仕事ができそうですものね」

「諦めない性格なんだよ。それだけで、営業をこなしてきた」

そう言って、組んでいた足の爪先を、彰子の股間に向けて伸ばし、撥ねあげるようにした。それを感じたのか、彰子がぎゅうと太腿をよじりあわせる。

大輔は立ちあがって、彰子の前にしゃがんだ。

「俺の気持ちだ」

片方の足をつかんで持ちあげ、強引に内腿にキスをする。

「いやっ、まだするの？」

「ああ、まだする。二十年以上も待たされたんだ。一回だけでは終われない。それに、きみは心のうちから、まだ省吾を追い出したとは言えない。そうだろ？」

彰子は答えない。

大輔はむっちりとした足をM字開脚させて、すべすべの内腿をツーッ、ツーッと舐めあげ、そのまま、翳りの底にしゃぶりつく。

「んっ……！」

くぐもった声を洩らして、彰子はびくんとする。

ソープの香りがする狭間に舌を這わせた。腰を手前に引き寄せて、翳りの底を舐めあげる。

「うんん、んんんっ」

彰子は泣いているような声を洩らし、首を左右に振りながらも、身を任せている。

淡い色をした肉びらがひろがって、鮮紅色の内部がぬっと現れる。そこはもう潤みきっていて、とろっとした蜜が浮かんでいる。

大輔が陰唇《いんしん》を指で開いて、花芯に舌を這わせると、

「ぁああ……大輔さん、欲深いのね」

彰子が言った。

「省吾より、エッチなんだな？」

「そうかもしれないわ」

「うれしいよ。どう考えても、人としての能力は省吾に劣るからな。せめて、好色度では勝たないとな」

大輔は自虐的《じぎゃくてき》に言って、上方の肉芽にしゃぶりついた。突起を含み、チューッと吸うと、

「んっ……はうぅぅ！」

彰子は顎をせりあげて、ぎゅうと太腿で顔を挟んできた。

足を押し退けるようにして、狭間を舐めあげ、その勢いのまま、ピンとクリトリスを撥ねる。

「あっ……！」

彰子がびくんと震える。

そのまま肉芽を舌であやしていると、彰子はもう我慢できないとでもいうように、下腹部をせりあげて、擦りつけてくる。

その頃には、大輔の分身は雄々《おお》しくそそりたって、バスローブを突きあげてい

た。

大輔は立ちあがって、バスローブを脱いだ。

いきりたつものを近づけると、何をすべきか理解した彰子が、顔を寄せてきた。

彰子はソファに座ったまま、身体を折り曲げて、大輔のイチモツを頬張ってくる。

猛りたつものに唇をかぶせて、ゆったりと顔を振りながら、髪をかきあげて大輔を見あげる。

それでは咥《くわ》えにくいのか、ソファから降りて、床にしゃがんだ。勃起に唇をかぶせて、静かだが情熱的に舌をつかう。

ただ頬張るだけではなく、裏側のほうに舌をからませて、包皮小帯を擦りあげてくる。

それから、ちゅっぱっと吐き出し、彰子は姿勢を低くして睾丸《こうがん》を舐めてきた。

肉棹を握りしごきながら顔を横にして、皺袋《しわぶくろ》に舌を這わせる。

（すごいな……こんなこともできるのか！）

省吾が手ほどきをしたのだろうか。そもそも二人はどのようなセックスをしていたのだろう――。

不思議なことに、それを想うと、大輔は気持ちが高まるのだ。

彰子は皺のひとつひとつを伸ばすかのように丹念に舌を走らせ、屹立を握りしごく。

黒髪が垂れて、顔が半分見えている。乳房の赤い突起も見える。

充分に皺袋を舐め尽くすと、彰子はツーッと裏筋を舐めあげてきた。そのまま、上から屹立を頬張ってくる。

「んっ、んっ、んっ……」

小刻みに唇を往復させながら、右手では皺袋をやわやわとあやしてくる。

睾丸をやさしく包み込むような触り方と、大胆な唇の動きがたまらなかった。

亀頭冠のくびれを集中的に刺激されると、大輔は射精しそうになり、腰とともに勃起を逃がした。

見あげる彰子のとろんとした目が、おチンチンが欲しいと訴えている。

大輔は彰子をベッドに連れていき、自分はごろんと仰向《あおむ》けに寝た。

「きみが上になって、腰を振るところを見たい」

求めてみた。ダメならダメで仕方がない。

「きっと下手ですよ」

そう言いながらも、彰子はベッドにあがる。

「いいんだ。あまり上手すぎても、逆に引くよ」

言うと、彰子は向かい合う形で、大輔をまたいだ。

下腹部でそそりたっているものを導いて、女の証《あかし》をぎこちなく擦りつけた。

そこはもう充分に濡れていて、亀頭部がぬるっ、ぬるっとすべる。

彰子は顔をのけぞらせながら、屹立を押しつけて、慎重に沈み込んでくる。

切っ先が肉びらを割って、膣口に押し入ると、途中で彰子は「ううっ」と歯を食いしばって、動きを止めた。

それから、静かに腰を揺すって馴染《なじ》ませ、何かを振り切るように沈み込んできた。

いきりたちが窮屈な肉の筒を押し広げていく確かな感触があり、

「ぁあああ……！」

彰子は顔をのけぞらせて、動きを止めた。ほぼまっすぐに上体を立てて、

「あっ……あっ……」

と喘ぎ、衝撃がおさまると、前と後ろに手を突いてバランスを取り、腰を前後

に振りはじめた。

両膝をぺたんとシーツについて、くいっ、くいっと腰を揺すり立てる。

長い髪で顔を半ば隠しながらも、何かにせきたてられるように腰を振って、濡れ溝を擦りつけてくる。

「ぁああ、いいの……気持ちいい。気持ちいい……」

そう口にしながら、彰子は眉根を寄せ、苦しいのか気持ちいいのか、判然としない顔で腰を打ち振る。

「来て。キスをしたい」

大輔が求めると、彰子は前に倒れて、唇を合わせてくる。

ちゅっ、ちゅっとついばみ、ついには舌を差し込んでからめてくる。

その間、腰の動きは止まっている。

大輔は下半身でも感じたくなって、腰を跳ねあげる。腰と背中を引き寄せ、ぐいっ、ぐいっと突きあげると、

「んんっ……んんんっ」

彰子はくぐもった声を洩らしていたが、やがて、キスできなくなったのか顔を離して、

「あんっ、あんっ、あんっ」

愛らしい喘ぎ声をスタッカートさせて、大輔にぎゅっとしがみついてきた。

大輔はふたたび唇を奪う。

今、二人は上の口と下の股間で、ひとつにつながっている。相手は、かつて初めて告白して、振られた女だ。

これ以上の悦びがあるとは思えない。

このまま、もっと激しく突きあげたかった。しかし、強烈な射精感が押し寄せてきて、大輔は突けなくなった。

すると、彰子は上体を斜め上方に持ちあげた。

両手を大輔の脇に突き、膝を立てて開く。

(これは……!)

期待して待っていると、彰子が腰を上下に振りはじめた。

尻をぎりぎりまで引きあげて、そこから振りおろしてくる。

信じられなかった。

これは、AV女優がよくやる騎乗位での杭打ちではないか……それを、あの清楚系だった谷口彰子がしてくれているのだ。

彰子は蹲踞《そんきょ》の姿勢で足を大きく開き、杭に模《も》した勃起を、槌《つち》と化した尻で打ち据えてくる。

パチン、パチンと音がして、勃起が深々と膣に嵌まり込んでいき、

「あんっ……あんっ！」

彰子は華やかな声をあげながら、つづけざまに腰を縦に振る。

すごい光景だった。

彰子は髪を振り乱して、激しく上下に腰を打ち振る。

髪ばかりか、乳房も揺れている。たわわなだけに、その振幅や波の打ち方も大きい。

こらえきれなくなって、大輔は腰を突きあげる。

腰がおりてくる瞬間を狙って腰をせりあげると、肉柱の先が何かをうがつ感触があって、

「はうぅぅ……！」

彰子はそのたびに顔を大きくのけぞらせる。

「いや、いやっ……じっとしていて」

そう頼んでくる彰子が愛《いと》おしくてならない。

彰子はこられきれなくなったのか、騎乗位の杭打ちをやめて、両手を後ろに突いた。

のけぞるようにしながらも、腰をくいっ、くいっと前後に打ち振って、膣肉を擦りつけてくる。

その姿を目に焼きつけておきたくなって、大輔は枕を頭の下に置く。

はっきりと見えた。彰子は足を大きくM字に開いているので、結合部が丸見えだった。びっしりと生えた漆黒の翳りの底に、大輔の蜜まみれの肉柱が嵌まり込み、出たり、入ったりしている。

そして、彰子は優雅な顔を苦しげにゆがめながらも、何かにとり憑《つ》かれたように腰を振る。

大輔は上体を起こし、対面座位で彰子を抱きしめる。

ひとつにつながりながら、キスをする。

すると、彰子はひっしとしがみついて、唇を貪《むさぼ》るように吸い、舌をからめてくる。

省吾を亡くしてからの三年の間、彰子は心と肉体の寂しさに耐えてきたのだろう。

（俺が省吾の代わりに、その寂しさを埋めてやる）

大輔は心のなかで誓って、唇を吸う。すると彰子も、さらに下腹部への刺激が欲しくなったのか、キスをしながら、腰を振って、濡れ溝を擦りつけてくる。

ぐいぐいと熱い肉路で揉み抜かれて、省吾は自分からも動きたくなった。

背中に手を添えて、そっと彰子を後ろに倒す。

足の間に仰臥《ぎょうが》した彰子を、その状態でかるく突いてから、足を抜く。

膝をすくいあげて、上体を立てたまま怒張を押し込んでいくと、

「あっ、あんっ、あんっ……ぁあああ、蕩ける」

彰子がうっとりと眉根をひろげて、顎をせりあげる。

（俺は今、あの谷口彰子をよがらせている！）

熱い思いが込みあげてきて、打ち込みに拍車がかかる。

膝裏をつかんで、押し広げながら、体重を乗せた一撃を押し込んだ。

怒張しきった分身がずりゅっ、ずりゅっと彰子の体内をうがっていき、

「あんっ、あんっ……ぁああああ、大輔さん、もうイキそう。わたし、またイクよ」

彰子がとろんとした目で見あげてくる。

大輔も射精はもう時間の問題だった。

しかし、その前に彰子をイカせたい。もういいと言うまで、よがらせ、昇りつめさせたい。失神するまで、攻めたてたい――。

大輔はすらりとした両足を肩にかけて、ぐっと前に体重をかけた。すると、彰子の裸身が腰から折れ曲がって、大輔の顔の真下に、彰子の美貌が見えた。

大輔は両手をシーツに突いているが、体重がかかって、彰子は相当苦しいはずだ。

「あうぅぅ……！」

彰子が眉を八の字に折った。

「大丈夫か？」

「ええ……苦しいけど、いやじゃない」

この体勢だと、ごく自然に挿入は深くなる。身体もきついし、膣も深々とえぐられているから、彰子としても快感だけを得るというわけにはいかない。だが、苦しみと快感は紙一重のものだと決まっている。

すらりとした両足を肩にかけて、前のめりになり、力強く勃起を打ち据えていく。

彰子の体内を深々と貫いているという実感があり、それをつづけていると、大輔もたまらなくなってきた。

「ぁあああ、すごい。大輔さん、おかしい。わたし、またイッちゃう。どうして、こんなに気持ちいいの？」

そう口走りながら、彰子は顎を突きあげる。

その切羽詰まった様子を見ると、大輔もいっそう高まった。スパートして、射精覚悟で力強く打ち込んだ。

「ぁあああ、イクわ。イク、イク、イッちゃう！」

「そうら、イクんだ。俺も」

大輔がつづけざまに叩き込んだとき、

「イクぅ……！」

彰子が昇りつめ、次の瞬間、大輔も男液をしぶかせていた。

第二章　マゾ女のストレス発散

1

「課長、つきあってくださいよ。このまま、わたしを帰していいんですか。どうなっても知りませんよ」

安西香苗《あんざいかなえ》がしなだれかかってくる。

このままでは、マズい。そんなことはわかっている。しかし、最悪なのは、香苗がチャーミングなさらさらのミドルレングスの髪と、推定Fカップの巨乳の持ち主であることだ。

（いや、ダメだ。俺には今、谷口彰子という大切な女がいる）

同窓会で運命的な再会を果たしてから、一カ月の間に何度もデートをした。もちろん抱いた。

彰子は夫と死別してからの三年間の孤閨《こけい》を埋めようとでもするかのように、大輔の愛撫に応え、身悶《みもだ》えして、哀切《あいせつ》な喘《あえ》ぎを洩《も》らし、最後はきっちりと昇りつめた。

妻と死別してから、女運もなくしていた大輔にしてみれば、十数年ぶりにやってきた我が世の春だった。しかも、相手は高校生のときに振られた初恋の女だ。

ひさしぶりに私生活での充実を感じていた。そんなときに、自分の部下である二十三歳のＯＬと関係を持つのは、非常にマズい。

だが、不思議なのは、彰子と再会して肉体関係を持ってから、急に女にモテるようになったことだ。

香苗にしても、日頃、大輔が仕事を教えているので、多少は慕われているのは確かだが、呑《の》み会の後でこれほどに甘えてくるのは初めてだった。

「タクシーをつかまえるから、それで帰りなさいよ」

「課長、気づいていないんですか、わたしの悩みを」

香苗がブラウスごと巨乳を押しつけながら、顔を覗《のぞ》き込んでくる。

酔いで赤くなった顔は、いつもよりぐっと色っぽい。

「悩み……？」

「ええ……」

「どんな？」

「だから、それを聞いていただきたいんですよ。もうちょっと行くと、ファッションホテルがあるから、そこで相談にのってくださいよぉ」

ファッションホテルなどと言うが、要するにラブホテルのことだ。

「きみはあれか、その悩みっていうのを口実に、上司をたぶらかそうとしているのか？」

「違います。真剣な相談事なんです。セクハラの……」

セクハラと聞いて、一気に酔いが醒《さ》めた。

「相手は誰なんだ？」

「矢島《やじま》課長補佐……」

矢島千華《ちか》は三十四歳で大輔より十歳若いが、仕事はできる。今は営業部企画課の課長補佐をしていて、次回の人事で課長昇格は確実と言われている。

大輔の気持ちが動いたのは、近い将来自分のライバルになるキャリアウーマンの弱点を握っておけば、絶対的に優位に立てると考えたからだ。だが、まずその前に確かめておきたいことがある。

「矢島さんがセクハラって……だけど、彼女は女性だぞ。それなのに、なんで」

「千華さん、レズビアンなんです」

「えっ……？」

「バイだから、両方いけるとはおっしゃっていました。でも、今のターゲットはわたしなんです」

　香苗がまさかのことを言う。

　確かに、香苗はかわいいし、頭がよくて仕事もできる。しかし、まさか千華が香奈を狙うとは思いもよらなかった。


　ラブホテルの一室――。

　シャワーを浴び終えた大輔が出て行くと、大きな円形ベッドの中心で、生まれたままの姿の香苗が両手両足を開いて、仰臥《ぎょうが》していた。

　昔のラブホの名残《なごり》で、ベッドの上の天井には鏡が貼られ、香苗のしどけない姿が映っている。

「きみを抱かないと、詳しいことは教えてくれないんだよな？」

「そうよ」

「まいったな。他の社員には絶対内緒だよ」

「うん、口が裂けても言わない」

ここはやるしかない――。

大輔はベッドにあがって、バスローブを脱いだ。

あまり引き締まった体とはいえないが、それでも、彰子を抱くようになって、糖質制限ダイエットと、自分で腕立て伏せや腹筋などの筋トレはしている。

おかげで、この一カ月で体重は三キロほど落ちた。

「え、ええ、すごい！」

下腹部からそそりたっている肉の塔を見て、香苗が大きな目をさらに見開いた。

「ギンギンじゃないですか……四十四歳ですよね」

「ああ……最近、なぜか調子がいいんだ」

ほんとうは、彰子という大切な女ができたことで、股間の分身も彼女を悦《よろこ》ばせようと躍起になっているのだ。

「すごい、すごい……ねえ、ここに寝て」

大輔が仰向《あおむ》けに寝転ぶと、香苗が足のほうに移動して、しゃがんだ。

「ドクンドクンしているわ。温かいし、硬いけど、表面は柔らかい」

香苗が肉柱を慈《いつく》しむように撫《な》でさすり、チュッ、チュッとキスをする。

「くっ……」

と、唸り、大輔は気になっていることを訊《き》いた。

「矢島課長補佐とはもう寝たのか？」

香苗はうなずき、

「彼女はタチで、わたしを何度もイカせてくれるのよ。最初は興味もないし無視していたの。でも、何度も誘われるうちに、断れなくなって……でも、イカされるたびに、わたしの思っていたセックスとはちょっと違うなって。寂しいのよ。どうせイクなら、このカチンカチンのものでイキたい」

つぶらな瞳を大輔に向けて、香苗は上から唇をかぶせてきた。

最近は極めて勃《た》ちのいい分身を、途中まで頬張《ほおば》り、

「んっ、んっ、んっ……」

と顔を打ち振って、ジュルルと啜《すす》りあげる。

うっとりと目を細めると、天井の鏡に、仰臥した大輔の下腹部に顔を寄せる、香苗の背中と急激にふくれあがるヒップが映っていた。

こんなにチャーミングなのだから、男性が放っておかないだろう。少し前に、

彼氏と別れたと言っていたから、矢島千華には、その寂しさにつけ込まれたのかもしれない。

ミドルレングスのさらさらの髪が揺れて、Oの字に開いた唇がめくれあがりながら、肉柱にからみつき、すべっていく。

ひと擦《こす》りされるたびに、蕩《とろ》けながら漲《みなぎ》っていく充実感が生まれて、あれほど好きな彰子が脳裏から消えていく。

「ふふっ、課長のおチンチン、ほんとうにお元気だわ。そそりたってる。こうしたくなっちゃう」

香苗がたわわな胸を寄せてきた。

ラブホテルの円形ベッドで、香苗は覆《おお》いかぶさるように、グレープフルーツみたいな巨乳で勃起《ぼっき》をさすってくる。

乳首だけが硬くなっていて、表面がすべすべの肉層は、柔らかだ。

大輔は我慢できなくなった。パイズリしやすいようにベッドの端に腰をおろし、香苗にしゃがんでもらう。

香苗は唾液を垂らして、乳房の内側に塗り込み、さらに、肉柱も唾液でまぶした。

それから、胸を寄せて、圧倒的なふくらみを擦りつけてくる。両側から双乳を押して、ぎゅうと真ん中に寄せ、くっついた双乳の谷間に肉柱を挟み込んで、ゆっくりと上下にすべらせる。

両手で押しつけながら同時に上下に揺らす。すると、豊かな肉層が柔らかく勃起にまとわりつきながら摩擦してきて、なんとも素晴らしい感触だ。

香苗はその間も、乾かないように、上からとろっと唾液を胸の谷間に落としている。

「ぁああ、たまらないよ。香苗は二十三だろ。二十三でパイズリなんて、反則だぞ。こら、やめろ……くうぅぅぅ」

激しく擦られて、大輔は天井を仰《あお》ぐ。

鏡には自分の惚けたような顔と、一生懸命にパイズリする香苗の姿が映っている。色白でむっちりとした肌がところどころピンクに染まって、色っぽい。

淡いピンクの乳首を内側に向けて、勃起に擦りつけて、

「ぁああ、気持ちいい……乳首がおチンチンに擦れて、気持ちいいよぉ」

香苗がうっとりした口調で言う。

「ダメだ。これ以上されると、出てしまう」

訴えると、香苗は乳房を離して、いきりたつ肉の塔を下から舐《な》めあげる。

床の絨毯《じゅうたん》に座って、裏筋をツーッ、ツーッと擦りあげる。その間も、睾丸《こうがん》をやわやわともてあそぶ。

（テクニシャンだな……矢島千華も最初は遊びだったのだが、こんな香苗にだんだん嵌《は》まってしまったんだろう）

香苗は姿勢を低くして、睾丸の皺《しわ》のひとつひとつに、伸ばすように丹念に舌を走らせる。その間も、勃起を握りしごくのを忘れない。

（キンタマまで、しゃぶってくれるんだな）

ここまで気配りされたら、矢島千華だってその気になってしまうだろう。もちろん、千華にキンタマはないが——。

香苗は裏筋をツーッと舐めあげ、そのまま上から頬張ってくる。

口だけで、「んっ、んっ、んっ」とつづけて擦り、ちゅっぱっと吐き出した。

今度は顔を横向けて、フルートを吹くように側面に唇をすべらせ、そのまま上から頬張ってくる。

横を向いているので、亀頭《きとう》が口中の粘膜を押して、片方の頬だけがぷっくりとふくらんでいる。そして、香苗が顔を打ち振るたびに、ふくらみが移動する。

（パイズリにハミガキフェラか……）

巨乳のかわいい女にここまで尽くされたら、誰だって手放すのが惜しくなってしまう。

香苗はハミガキフェラを終えると、大輔をベッドに仰臥させ、その上にまたがってきた。

向かい合う形で大輔のいきりたちを握り、蹲踞《そんきよ》の姿勢で股間にそれをあてがった。

切っ先が入口をとらえると、ゆっくりと沈み込んでくる。勃起がとても窮屈な肉の道をこじ開けていく確かな感触があって、

「ぁあああ……！」

香苗はのけぞりながら、

「……くぅぅぅ」

と、つらそうに眉根《まゆね》を寄せた。

「大丈夫か？」

「ゴメンなさい。最近、本物のおチンチンから遠ざかっていたから……でも、もう大丈夫」

そう言って、香苗は腰を振りはじめた。くびれたウエストから下をぐいん、ぐいんと打ち振っては、

「ぁああ、いい……課長のおチンチンがなかをぐりぐりしてくる。やっぱり、本物のおチンチンが好き。これがないと、物足りない。欲しくて我慢できなくなっちゃう。ぁあああ、いやいや……腰が動くの。勝手に動く」

口ではいやと言いながらも、下半身の腰づかいは激しさを増していく。

勃起が締まりのいい膣《ちつ》で揉《も》みくちゃにされる感触がたまらない。

それから、香苗は後ろにある大輔の太腿《ふともも》に両手を突き、のけぞるようにして、腰を揺すりはじめた。

足を大きくM字開脚しているので、むっちりとした太腿がひろがって、細長い翳《かげ》りの底に大輔の肉柱が嵌まり込んでいるのが、はっきりと見える。

香苗が腰を振るたびに、肉棹《にくざお》が入ったり、出たりする様子をつぶさに観察できる。

「ぁああ、あああ……いい……やっぱり、おチンチンがいい。これがないと、物足りない。課長は、どう、気持ちいい？」

香苗が訊いてくる。

「ああ、すごく気持ちいい。香苗のオマ×コはすごく具合がいい」

「よかった……今夜は好きなだけ使っていいのよ」

「わかった。存分にやらせてもらうよ。こっちに」

言うと、香苗が上体を立てて、覆いかぶさるようにキスをしてきた。

大輔はぷるるんとした唇を受け止め、味わい、舌を差し出す。

最初はおずおずとしていた香苗の舌の動きが、やがて活発になり、ねっとりと舌をからめたり、吸ったりする。

そうやって、情熱的なディープキスを浴びせながら、香苗は自分からも腰をつかう。

切なげな吐息をこぼし、舌をからませながら、くいっ、くいっと膣で肉棹を締めつけてくる。

最近の若い女の子は、キスで情感が高まる子が多いと何かで読んだ。

唾液には男女を昂《たかぶ》らせる成分が含まれているらしい。また、セクシャルなキスは女の精神を解き放って、大胆にさせる。

大輔はキスをしながら、下から突きあげる。すると、香苗はキスできなくなったのか、顔をあげて、

「あんっ、あんっ……ぁあああ、すごい、すごい。課長のおチンチン、すごすぎる。ぁああ、ぁああおぅ」

香苗は獣染《けものじ》みた声を放って、のけぞりながら、勃起を締めつけてくる。

2

上になって腰を振る香苗の胸に潜り込んで、乳房に顔を埋める。

Fカップの巨乳である。口と鼻が柔らかな肉層に覆われて、息が苦しい。それでも、これは甘美な苦しさである。

グレープフルーツみたいな乳房を揉みながら、乳首を舌でなぞりあげ、吸う。チューーッと吸いあげると、乳首が伸びて、口腔《こうこう》に嵌まり込み、

「はうぅぅ……ぁああ、気持ちいい。これ、気持ちいい……」

香苗が心底良さそうな声をあげて、腰をくいっ、くいっとしゃくるように前後に打ち振る。

「くうぅぅ……！」

勃起をしこたま締めつけられた大輔は、唾液にまみれた乳首を指で捏《こ》ねる。くりくりと転がし、人差し指でトップを押しつぶす。

「ぁあああ、それ……それ、好き。好き、好き……ぁあああんん、もっと、もっと痛くして。わたしをイジめてください」

香苗がまさかのことを言う。

（そうは見えなかったが、マゾっけもあったか！）

考えたら、レズビアンでも矢島千華がタチで、香苗がネコなのだから、当然、マゾヒズムの性向もあるのだろう。

大輔はさらに強く乳首をねじり、腰を跳ねあげる。

上体を斜めにした香苗は膣を突きあげられて、

「あんっ、あんっ、あんっ」

甲高《かんだか》く喘ぎ、顔をのけぞらせる。

とても片手ではつかめない大容量のミルクタンクに指先を食い込ませ、荒々しく揉みあげる。そうしながら、ぐいぐいと突きあげてやる。

大輔の腹の上で弾《はず》みながら、香苗は愛らしい声で喘ぐ。

もっと香苗を攻めたくなって、大輔は上体を起こして、巨乳にしゃぶりついた。

すると、香苗は乳首を吸われながら、

「ぁああ、あああぁ、気持ちいい……ぁあああ、課長、わたしを壊して、壊してください」

大輔にしがみつき、くなりくなりと腰を揺する。

香苗の身体から洩れるマゾ的な雰囲気が、大輔をその気にさせる。

男のほとんどはサディストだ。サドでないと、凶器に等しいペニスであれほど小さくて、大切な孔《あな》を貫《つらぬ》くことなんてできない。

大輔は乳房に顔を埋め、横に振って擦りつけた。それから、背中に手を添えて、香苗をそっと後ろに倒す。

仰臥させ、自分は上体を立て、M字に開いた足をつかんだ。屹立《きつりつ》を小刻《こきざ》みに打ち据《す》えると、切っ先が浅瀬を擦っていき、

「あん、あん、あんっ……」

香苗は愛らしい声をスタッカートさせる。

大輔は膝《ひざ》の裏をつかんで、押し広げながら、上から打ち込んでいく。

「ぁああ、深い……苦しい。これ、苦しい……だけど、気持ちいい。奥が、奥が……ぁあうぅぅ」

香苗は両手でシーツを鷲《わし》づかみにして、顎《あご》をせりあげる。

大輔が膝裏をつかんで押し広げると、身体が柔軟な香苗は、足を百八十度近くまで開いた。

ぐいと体重をかけると、香苗の腰もわずかに持ちあがって、上から差し込む勃起と膣の角度がぴたりと合った。

「ぁあああ、くぅぅぅ」

苦しげに眉を八の字に折って、顔をのけぞらせる香苗の表情が、たまらなかった。

大輔は上から打ちおろしながら、ストロークの途中ですくいあげる。

切っ先で膣のなかをしゃくるようにすると、上側のGスポットを擦りあげていった亀頭部が奥へと届く。

そのまま亀頭部を子宮口に押しつけて、ピストンはせずに、ぐりぐりと捏ねる。

扁桃腺《へんとうせん》のようにふくらんだ奥の肉襞がまったりとからみついてきて、それがいっそうの快楽を育《はぐく》む。

香苗も奥を捏ねられると感じるのか、

「ぁあ、すごい……こんなの初めて……気持ちいい。奥をぐりぐりされると、気が遠くなる……ぁああ、ぁあああ……」

陶酔《とうすい》したように眉根をひろげる。

大輔は片方の膝を放して、右手で乳房をつかんだ。

揉んでも揉んでも底の感じられないたわわな塊《かたまり》を、さらに揉みしだきながら、屹立を打ち込んでいく。

「ぁああ……ぁああ……わたし、イキそう。イクかもしれない……イッてもいい？」

香苗が顔を持ちあげて、訊いてくる。大きな目が潤《うる》みきって、とろんとしている。

「いいぞ、イッていいぞ。どうされたい、どうしたらイケる？」

「ズンズン突いて。わたしを壊して……オッパイをぶるぶる揺らせて！」

香苗が訴えてくる。

「わかった。ぶっ壊してやる。香苗のオマ×コを破壊してやる。そうら……」

大輔はその気になって、下腹部を叩きつける。

カチンカチンの分身を潜り込ませて、しゃくりあげる。そのまま奥に届かせて、ぐりぐりと捏ねる。

また引いていき、反動をつけた一撃を叩き込む。切っ先が奥にぶつかって、

「ああん……ぁああ、ぁあああ、もうわからない。わたし、もうわからない……怖いの。ちゃんとつかまえていてね。わたしを護《まも》っていてね」

「わかった。安心しろ。いいぞ、イッていいぞ」

大輔はまた両手で膝裏をつかみ、切っ先に全体重を乗せて、上から打ちおろした。

大輔も追い込まれていた。だが、まだ射精はしたくない。自分が仕事を教えた部下より先に出して、ナメられたくはない。

ぎりぎりと歯列を食いしばって、猛烈に叩き込んだとき、

「イク、イク、イキます……いやぁああああ！」

嬌声《きょうせい》を噴きあげて、香苗がのけぞり返った。

がくん、がくんと大きく躍りあがる。

膣肉が勃起を締めつけてきた。強烈な食いしめを撥《は》ねかえすような深い一撃をつづけざまに打ち込んだとき、大輔にも至福が訪れた。

「ああぁ……！」

吼《ほ》えながら、熱い男液を香苗の体内に放ち、終えると、がっくりと香苗に覆い

かぶさった。

3

シャワーを浴びた二人は、バスローブ姿でダブルベッドに横たわっていた。

大輔の右腕に頭を乗せた香苗が横臥《おうが》して、胸板をなぞってくる。

「びっくりした。課長、思ったよりすごかった」

「そうか、きっと香苗ちゃんが敏感だからだよ。すごく感じやすい。矢島千華がきみにご執心なのがよくわかった」

大輔はさらさらの髪を撫でる。

「だから、困ってるんじゃないのよ」

香苗が怒ったように、乳首をぎゅっとつまんだ。

「しつこいのか？」

「ええ……わたしはもう別れたいの。束縛《そくばく》がきついし、四六時中、監視されている感じ。今夜もそろそろ電話がかかってくるわ、その時間だから。メールだと何をしているかわからないからって……独占欲の強い男性みたいでしょ？」

「確かにな。それで、きみは彼女と別れたいんだな」

「そうよ」

「で、別れられたら、それでもういいのか、許せるのか。セクハラで会社に訴え出ることもできる」

「それは、まだわからない。今後の彼女の対応次第かな。まずは別れたい」

「……それを打ち明けたってことは、俺に協力してほしいんだな」

「そうよ。課長しか頼る人がいないもの」

「そうか……わかった。後でやり方を考えようか」

「課長のそういうところが男らしくて好き」

香苗は上体を起こして、バスローブを肩から落とした。

見事なオッパイがこぼれてきた。とくに横から見る乳房は、圧倒的な存在感を示している。

「もっと、したいでしょ？」

「ああ、したいよ、もちろん」

「今度はわたしがかわいがってあげるね」

香苗は大輔のバスローブを脱がせて、裸の胸板にキスをする。

チュッ、チュッとついばんでから、乳首を舐める。ちろちろっと舌を走らせ、脇腹をフェザータッチで撫でてくる。

「くっ……！」

「気持ちいい？」

「ああ、ぞくぞくするよ」

「じゃあ、これは？」

香苗は唇に唇を重ねて、キスをしながら、胸板や脇腹を撫でてくる。

舌を差し込んで、ねっとりとからめる。唾液を啜り、口腔を横に舐めた。

そうしながら、手をおろしていき、下腹部のイチモツに触れた。まだ半勃起状態の肉茎をゆるゆるとしごき、根元をつかんで、太腿に叩きつける。ペチン、ペチンと音がして、刺激を受けた肉茎が力を漲らせる。

頭を擡《もた》げたイチモツを握りしごきながら、濃厚なキスをしてくる。

そのとき、香苗のスマホが呼び出し音を立てた。

香苗はキスをやめて、スマホを見た。

「やっぱり、矢島千華からだわ。どうしよう、出ないと怪しまれるわ」

「出てくれ。あっ、ちょっと待って」

大輔はとっさの判断で、自分のスマホをつかんだ。

「録音したいから、スピーカーモードで頼むよ」

スマホの録音機能をオンにしてうなずくと、香苗が通話スイッチをタップした。

大輔は息を潜《ひそ》めて、電話のやりとりを録音する。

『何をしてたのよ。出るのが、随分と遅いわね』

スマホから、矢島千華の高慢な声が聞こえてきた。

「すみません、シャワーを浴びていたので」

『ほんとうでしょうね。今夜は呑み会があると言ってたけど、まさか、誰かとホテルにでもいるんじゃないでしょうね。あなたはお酒が入ると、とても淫《みだ》らになるから』

千華の鋭い指摘に、大輔はドキッとする。

「違います。ちゃんと自宅のマンションにいます。それより、矢島さん、もうこんな時間に電話するのはやめてください。迷惑です」

『今夜はやけに強気じゃないの。どこかの誰かさんに入れ知恵されたんじゃないでしょうね』

「そんなこと、されてません。とにかく、迷惑なんです。もう、矢島さんとは逢いたくないし、話をするのもいやなんです」

『そんなこと言っていても、逢うとわたしにメロメロじゃないのよ。また、イカせてあげようか。クリちゃん舐められて、毎回イッているのは誰よ、安西香苗でしょ？　あなたはわたしから逃れられないの。今だって、ほんとうはわたしの声を聞いて、発情してるんでしょ？　いいわよ、オナニーして。わたしが言葉でイカせてあげる。ほら、オマ×コ触って！』

香苗がどうしようかという顔で、大輔を見た。

大輔がうなずくと、香苗がスマホに語りかけた。

「ひどいわ、ひどいお姉さま……」

『触って。オマ×コを触りなさい！』

「……はい……」

香苗が左手でスマホを持ち、右手を翳りの底に伸ばした。

いまだに濡れている恥肉に指を添えて、中指で狭間《はざま》をなぞりあげる。

「ぁああ、ぁあああ、いいの……千華お姉さまのお指が欲しい」

『いいわよ。今、わたしの指がお前のクリトリスをまさぐっているわ。そうら、剝《む》いてあげる』

香苗が実際に包皮をめくって、じかに本体に触れた。

そこをくりくりと転がしながら、

「ぁああ、あああ……お姉さまのお指、気持ちいい」

『お前は心底、淫らなんだね。スマホをそこに置いて、乳を揉みなさい。お前の大きいだけが取り柄《え》の胸を、揉みなさい。早く！』

「はい……」

香苗は右手を花芯に伸ばして、陰核をくりくりと捏ね、左手で巨乳を荒々しく揉みしだく。

『ほんとうにお前はいやらしいわね。こっちまでおかしくなってしまう。ぁああ、ぁああぅ……』

「お姉さま、何をなさっているんですか？」

『指をあそこに突っ込んでいるんだよ。お前のせいで、わたしまでぐしょ濡れだから。全部、お前が悪いんだよ』

「はい、全部香苗がいけないんです。ぁあああ、気持ちいい……聞こえますか、オマ×コがグチュグチュ音を立てているでしょ」

『ああ、聞こえるよ。イッていいんだぞ。イキたいんだろ？』

「香苗はお姉さまと一緒にイキたいです」

『いいぞ。イケ。わたしも……わたしも……』

香苗が一足先に昇りつめ、その直後に千華の気を遣《や》る声が、スマホから聞こえてきた。

4

テレフォンセックスで昇りつめた香苗が、スマホを切って言った。

「録音できました？」

「ああ、ばっちりだよ。聞いてみるか」

大輔がスマホを操作すると、千華の険しい声が聞こえてきた。

「ほらな……これは明確な証拠品だからな。いざとなったら、証拠として提出できる」

「でも、後半は切ってくださいよ」

「どうして？」

「だって、恥《は》ずかしいんだもの」

「あれを聞いているうちに、こんなになってしまった」

大輔がいきりたつものを誇示すると、香苗は勃起を慈愛に満ちた目で見て、大輔をそっとベッドに倒した。

そして、大輔の開いた足をまたぐようにして、勃起を握った。

濡れている恥肉を大輔の向こう脛《ずね》に擦りつけながら、肉棹を握りしごく。

「わかったでしょ？　矢島のセクハラぶりが」

香苗はしごきながら、大きな瞳を向ける。

「ああ、ひどいな。たんなるレズというより、ＳＭ的な要素が入っているな」

「どうにかしてくださいよ」

「わかった。やってみる」

言うと、そのお礼とばかりに、香苗が肉棹を頬張ってきた。

猛りたつものを握ってしごきながら、亀頭部にかわいらしくキスをする。それから唾液を落として、鈴口《すずぐち》に塗り込んでくる。

亀頭部を両側から押さえているので、尿道口が開いて、赤い内部がのぞく。

香苗は唾液をそこになすりつけて、尖《とが》った舌先でちろちろとあやしてくる。

「あ、くぅぅ……よしてくれ」

「ふふっ、ほんとうは気持ちいいんでしょ」

香苗は執拗《しつよう》に鈴口を舌先で刺激した。それから、亀頭冠《きとうかん》の周囲をぐるっと舐める。

これは、たんにテクニックの問題ではない。香苗は本質的にペニスが好きなのだと思った。

女性のなかには、好きな男のおチンチンなら、いくらおしゃぶりしていても飽きない者がいると聞く。

香苗はその種の女なのだろう。ペニスの必要がないレズビアンをさせておくには、いかにも惜しい。

香苗が唇をかぶせて、本格的にフェラチオをはじめた。

「んっ、んっ、んっ……」

ジュルルと情感たっぷりに唇をすべらせ、引きあげながら唾液とともに亀頭部を啜りあげる。

（ぁああ、気持ちいい……フェラはいい。何もしなくとも、女性が快感を与えてくれる。フェラ好きとつきあったら、男は天国だろうな）

大輔はうっとりとして天井を見あげる。

部屋の天井に貼られた鏡には、痴態をさらす、自分の顔と香苗の背中と尻が映っている。

香苗は一生懸命に顔を振っている。腰も揺らして、濡れた恥肉を向こう脛に擦りつけている。

こんなことまでされたら、これはもう期待に応えるしかない。矢島千華を懲《こ》らしめて、二度と香苗に手を出さないように太い釘を刺す必要がある。

だが、その前に、香苗のオマ×コにもぶっといおチンチンを差し込んでおきたい。

自分が上になってと考えたとき、香苗に先手を打たれた。

香苗は肉棹を吐き出すと、背中を向ける形でまたがった。いきりたちを導いて、慎重に沈み込んでくる。

勃起が、狭くて締まりのいい肉路に吸い込まれていって、

「はうぅぅぅ……！」

香苗はのけぞって、顔を撥ねあげる。

「ぁああ、気持ちいい……気持ちいいのよ」

そう言って、腰を前後に揺する。尻を引いて、突《た》き出す。そのスムーズな動きを見ていると、香苗はセックスのセンスにかなり長けているのだと思う。

香苗は立てた膝を開き、上体を斜めにして、上から打ち据えてくる。

「あん、あん、あんっ」

腰を上下動させながら、艶《なま》めかしく喘いだ。

大輔が激しい摩擦をこらえていると、香苗が前に倒れていく。

(これは……!)

蜜まみれの肉棹が、膣のなかに出入りするさまが、はっきりと目に飛び込んできた。

しかも、結合部の上には、セピア色のアヌスがひっそりと息づいている。

見とれていると、香苗が大輔の向こう脛を舐めはじめた。

香苗は足を舐めながら、乳房を擦りつけている。ゴムマリのような巨乳をなすりつけられ、先端の硬い乳首がはっきりと感じられる。

(おおぅ、すごい。ここまでご奉仕されたのは、初めてだ)

ひどく昂奮してしまった。

香苗にはアヌスが丸見えになっていることが、わかっているはずだ。それなのに、委細《いさい》かまわず、大輔の足を舐め、乳房を擦りつけてくる。

マゾなのだ。しかも、たんなるMではない。露出癖のある自己主張の強いマゾヒストなのだ。

そうでなければ、自分から羞恥《しゅうち》の孔を見せるような真似はしない。しかも、そうしながら、香苗は足を舐めてくれている。

生温かい舌がぬるっと向こう脛をすべると、ひどく気持ちがいい。ぞわぞわっと快感が走る。

そして、香苗が脛に舌を走らせるたびに、腰も移動して、膣が勃起をしごいてくる。

「ああ、初めてだ。気持ちいいよ、すごく気持ちいい……」

思わず言うと、香苗はさらに前屈みになって、足指へと舌を走らせる。

「ぁああ、あああうぅぅ」

くぐもった声を洩らしながら、強引に足の親指を頬張った。ぐちゅぐちゅとフェラチオするように口を動かし、同時に腰を振る。

ひくひくとうごめくアヌスを見たとき、大輔は悪戯《いたずら》したくなった。

ぺっ、ぺっと指に唾をかけて、手を前に伸ばした。肉柱が嵌まり込んでいる箇《か》所《しょ》のちょっと上のほうに、アヌスの窄《すぼ》まりが息づいている。

薄茶色の周囲をなぞると、

「ぁあああん……！」

悩ましい喘ぎとともに、窄まりがきゅっと小さくなった。

大輔が指先でアヌスをなぞると、

「いや、いや、いや……いやだ」

香苗はいやそうに尻を振っていたのに、途中で、

「ぁあああん……」

艶めかしい声を洩らして、背中をしならせる。

「どうした？　ひょっとして、ここも気持ちいいのかな？」

「そんな……違います」

大輔がまた窄まりを指でこちょこちょすると、

「ぁあああ、ああああああ」

香苗はもどかしそうに尻を振る。

「気持ちいいんだな？」

「はい……ぞわぞわする。もっとしてほしくなる」

「こうかな？」

人差し指に力を込めると、窄まりの中心に第一関節まで埋まって、

「ぁああ、あああ、気持ちいい……」

香苗は尻を突き出して、指をもっと深く受け入れようとする。

大輔が人差し指を当てたままにすると、香苗は前後に身体を打ち振り、ペニスを膣に、指をアヌスに受け入れて、

「気持ちいい……これ、気持ちいい」

うっとりとして言う。

「次はローションを用意して、香苗のケツの穴を奪ってやる。でも、今夜は勘弁してやる。待ってろ、後ろから犯しちゃうからな」

大輔は下から抜け出して、香苗を這《は》わせた。

両手両膝をベッドに突いて、香苗は自ら尻を突き出してくる。

意識的にしているのだろう。柔軟な背中をしならせ、ぐいと尻を持ちあげて、

「ああ、ください。おチンチンをわたしのオマ×コにください」

はしたなく誘ってくる。

大輔は猛《たけ》りたつものの先で、一瞬、アヌスをうがつと見せかけ、そのままおろしていき、雌芯《めしん》に押し込んだ。

熱く滾《たぎ》った膣粘膜が、怒張《どちょう》にからみついてきて、

「ぁあああ……すごい。課長のおチンチンがお臍《へそ》まで届いてる。硬くて、長いよぉ……ぁああ、欲しい。突いて、突きまくって！」

香苗が尻をくねらせて誘う。

大輔はくびれたウエストをつかみ寄せて、ゆっくりと大きなストロークで、熱い体内を擦る。

徐々にピッチをあげると、

「あんっ、あん、あんんっ」

香苗は気持ち良さそうに喘いだ。

香苗の全身から洩れてしまう嗜虐的《しぎゃくてき》な雰囲気が、大輔を昂らせる。

右手を振りあげて、右側の尻たぶを平手でかるく叩いた。ピシャッと乾いた音がして、

「あ、ぐうぅ……！」

香苗が悲鳴を押し殺した。

「いいぞ、叫んでも。痛かったら泣いてもいいんだぞ。そうら……」

もう一度、尻たぶをビンタすると、

「痛ぁあ！」

香苗が絶叫した。

大輔は右手で連続して、尻を叩く。元来のサディストではないから、加減はしている。すると、途中で悲鳴が喘ぎに変わって、

「ぁああ、あああぁ、気持ちいい……ぶって、もっとぶって」

香苗は赤く染まる尻を揺すって、しどけなくせがんできた。

スパンキングで濃いピンクに染まった尻をつかみ寄せて、大輔は深いストロークを浴びせる。

「あんっ……あんっ……許して。もう許して」

香苗が哀願してくる。

「ダメだ、許さない。右手を後ろに……早く！」

香苗が右手をおずおずと後ろに差し出してきた。その腕をつかんで後ろに引き寄せる。

そうしながら、ぐいっ、ぐいっと打ち込むと、屹立が深々と膣を貫いて、

「あん、あんっ、ぁあああ、すごい！　奥に当たってる。すごい、すごい」

香苗がうれしそうに言う。

斜めに持ちあがった上体が半身になっているので、たわわな乳房がぶるん、ぶ

るるんと豪快に波打っているのが見える。

香苗はマゾだからバックが好きなのだろう。明らかに昂っているのがわかる。

(よし、こういうときは)

大輔はもう一方の腕もつかんで、引っ張る。

両腕を後ろに引き寄せられて、プロレスの技をかけられているような体位である。

「ぁあああ、これ……苦しい。苦しい……ぁああ、ぁあああああ、いいのよぉ！」

アクロバチックな体位を取らされながらも、香苗は途中から悦びの声をあげる。

やはり、苦痛を官能的歓喜に変換する能力を持っているのだ。

大輔は香苗の尻を下半身で受け止めるようにしながら、ぐいぐいと突きあげる。

ギンとした分身が膣肉を深々とうがち、

「あん、あん、あん……これ好き。好きなの……ぁああ、イッちゃう。わたし、またイクぅ……！」

香苗が震えながら言う。

「いいんだぞ。イッて……そうら、イケよ」

大輔はつづけて差し込んだ。両腕をつかんで、上体を持ちあげさせながら、尻を撥ねあげる。

ずりゅっ、ずりゅっと怒張が突き刺さっていき、

「イク、イク、イッちゃう……やぁあああ、くっ！」

香苗が大きくのけぞった。

背中を反《そ》らした姿勢で、がくん、がくんと躍りあがり、精根尽き果てたように前に突っ伏していく。

ぎりぎりで射精を免《まぬか》れた大輔は、性器でつながったまま香苗を追う。腹這いになった香苗は尻だけを高く持ちあげている。

大輔は覆いかぶさるように背後から女体を抱きしめて、ぐいぐいえぐり込む。

すると、香苗はシーツを鷲づかみにして、

「すごい、すごい……わたし、またイクかもしれない。イッていいですか？」

切羽詰《せっぱつ》まった声を出す。

「いいんだぞ、イッて……今度は俺も出す。いいんだな？」

「はい……ピルを飲んでいるから大丈夫。ください、課長のミルクをください」

「くれてやる。俺の特別濃いミルクをくれてやる。香苗、おおぅ、香苗！」

大輔は最後の力を振り絞って、叩き込んだ。

ぶわわんとした尻の吸いこまれるようなクッションと膣の締めつけが、大輔を追いつめる。つづけざまに打ち込んだとき、

「イキますぅ……！」

香苗が昇りつめ、その直後に、大輔も残りの精液をしこたま放っていた。

第三章　歓喜のバイセクシュアル

1

さすがに千華は惚れ惚れするような身体をしている。レズだけではもったいない。バイセクシュアルだと言っていたので、後で俺が――。

隣室で行われている安西香苗と矢島千華とのレズシーンをモニターで眺めながら、青木大輔のイチモツは力を漲《みなぎ》らせつつある。

先日、二人の電話の会話を録音したが、あれでは証拠として弱い。それ以上に、大輔は二人のレズシーンを実際に見たかったのだ。

打診したところ香苗は承諾し、彼女の借りている2DKのマンションに、千華を招待した。

初めて住まいに招かれた千華は大喜びで、部屋にやってきた。そして、今二人は裸になって、愛の営みをはじめようとしている。

いなかった。千華はまさか、隠しカメラで盗撮されているなどとは、つゆほども思っていないだろう。どんな才媛でも色恋沙汰になると、理性を失ってしまう。

ノートパソコンのモニターには、受信した映像が流れ、音もきっちり拾っている。もちろんイヤホンで聞いているので、音は洩《も》れていない。

隣室だから、音を立てないようにしなければいけない。

「両手をあげなさい。そう、右手で左の手首を握って。絶対に放してはダメよ」

千華の声が流れ、香苗は左右に首を振って、言う。

「いやです」

香苗には、千華が無理やりしている感じを出したいので、命令に素直に従わないように言ってある。

「ふふっ……わかってきたわ。香苗はわたしに責めてほしいから、わざと歯向かっているのよね。かわいいわよ」

そう言って千華は、香苗の両手をつかんで、頭上にあげさせる。

香苗は観念したのか、右手で左の手首を持つ。

「そうよ、それでいいの。最初から素直になればよかったのよ。わかった？」

千華は香苗の両腕を上から押さえつけて、鋭くにらみつけている。

ショートヘアで、ととのった顔つきは、まさに歌劇団の男役である。乳房はDカップほど全体的にスレンダーだが、出るべきところは出ている。乳房はDカップほど
で、乳首が威張ったようにツンとしている。

女性らしい優美さというより、凛々《りり》しくて男性的でさえある。世の男性諸氏は怖くて、近寄れないのだろう。それで彼女は、独身を貫《つらぬ》いているのだ。

「手はこのままあげているのよ」

千華が両手で、巨乳を下から持ちあげるように揉《も》みしだき、香苗が喘《あえ》いだ。

「んっ……んっ……ぁあああ、いやです」

「いやと言われると、もっとしたくなるのよ」

千華はたわわな乳房の頂上にしゃぶりついた。時々、香苗の様子をうかがいながら、執拗《しつよう》に乳首を舐《な》め、転がし、吸う。同時に、もう片方の乳首を指でつまんで、転がしている。

そのポイントを押さえた巧妙な愛撫は、女性同士だから可能なのだ。

香苗は必死に喘ぎ声をこらえていたが、やがて、

「んんっ、ぁあぁ、ぁあああうぅぅ」

と、顎《あご》をせりあげる。

「気持ちいいのね？」

「はい……すごく気持ちいい……ぁあああ、もっと、もっとしてください」

隣室で、香苗と千華がレズビアン・プレイを繰り広げるのを、大輔は隠しカメラの映像で眺めながら、股間の肉柱の対処に四苦八苦していた。

巨乳の女体を千華の長い指が掃《は》くようにかすめ、キスも乳房から下腹部へとおりていき、

「ぁああ、千華お姉さま、気持ちいい……あっ、あっ」

香苗が愉悦《ゆえつ》の声をあげて、裸身をのけぞらせる。

千華は、すらりとした足の間にしゃがみ、枕を香苗の腰の下に置いた。持ちあがった下腹部に顔を寄せて、ゆっくりと局部を舐めあげる。

「ぁあああ、いい……ぁああああ、気持ちいい」

「ほんとうに香苗は淫乱《いんらん》ね。ちょっと触るだけで、うれしそうにオマ×コをせりあげて……そのままよ」

千華が繊毛《せんもう》の下にしゃぶりつき、顔を振った。それから、クリトリスに吸いつき、舌をつかう。

指を動員して包皮を剝《む》き、じかに本体を舐めているのだろう。カメラのアング

ルの関係で、はっきりとは見えないが、女ならではの巧妙な舌づかいをしているに違いない。

「あっ、あっ……ぁあああああ、そこ……いやいやいや、へんになる。おかしくなっちゃう……ぁあああ！」

香苗が嬌声《きようせい》をあげて、自ら恥丘をぐぐっとせりあげる。

千華は、持ちあがってきたヴィーナスの丘に吸いつき、粘膜を舐め、陰核を攻める。

「ぁあああああ、ダメっ、恥《は》ずかしい。もうイッちゃう。イキます」

「このドスケベが！　お前はわたしから逃れることはできないんだよ。わかったか？」

「はい……！」

「いいぞ。イケよ。胸を揉みなさい。乳首を痛めつけなさい。そのほうが、イケるんだろ？」

「はい……」

香苗は左右の腕を交互に伸ばすようにして、乳房を揉みしだき、乳首を捏《と》ねる。

たわわすぎる柔肉《やわにく》に指を食い込ませ、乳首をつまんで転がしながら、足をピーンと伸ばしている。

香苗はこの格好がイキやすいのだ。

股間のものがいきりたってきて、大輔はもはや我慢できない。ズボンとブリーフを膝《ひざ》までおろし、猛《たけ》りたつ分身を握った。モニター画面を見ながら、ゆっくりとしごく。ちょっと擦《こす》っただけで、ジーンとした快感が一気にひろがってくる。

(ダメだ。まだ早い。今日は矢島千華にイッパツ決めるんだから)

大輔はとっさに指を離して、おさまるのを待つ。その間も、香苗は伸ばした足をぶるぶる震わせる。

「ぁああ、あああ……ぁああ、やめないでください」

香苗が、どうしてやめるのという顔で、千華を見た。

千華が取り出したのは、リップスティックだった。直方体の口紅のキャップを外すと、赤いルージュの本体が現れた。

それがいきなり、低く唸りはじめる。

「口紅型ローターよ。あなたのためにわざわざ買ったの。後でプレゼントしてあげる。これなら、怪しまれないで、堂々と持てるでしょ。お前はいつも発情しているから、オフィスのトイレでオナってもいいんだよ。音も小さいのよ」

千華は三角形をなす赤いルージュ本体の先を、香苗のクリトリスに押しつけた。

リップスティックを模《も》したローターで、敏感なクリトリスに振動を与えられて、

「いやぁあああ……！」

香苗は嬌声をあげて、ピーンと両足を伸ばした。

「ふふっ、どうしたの。お前は両足ピーンが大好きだものね。もうイキそうなのね？」

「はい……イキそう。ああ、気持ちいい……この細かい振動がわたしを極楽に連れていってくれる。ぁああ、ぁあうぅぅ」

千華は左手でリップスティックを繊毛の下に押し当てて、右手の指を膣《ちつ》にすべり込ませた。

中指と薬指をまとめて押し込み、なかを攪拌《かくはん》する。波が打ち寄せるように、なめらかに指をストロークさせる。

クリトリスを口紅型ローターで、膣本体を二本の指で擦られては、もはやひと

たまりもないのだろう。

香苗の様子がさらにさしせまってきて、

「ぁあぁ、イク……お姉さま、香苗はイキます」

「いいんだよ。イッて。ただし、胸を揉んで、乳首をいじりながら、イクんだよ」

「はい……はい……ぁあぁうぅぅぅ」

香苗の全身がぶるぶる震えはじめている。

「ほうら、ぐちゅぐちゅだ。お前のなかが悦《よろこ》びながら、からみついてくる。貪欲《どんよく》なオマ×コだね」

「はい……はい……ぁあぁ、イッちゃう。イッていいですか？」

「イケよ。イクんだ」

千華がまるで男のように言って、指で粘膜を引っかいたとき、

「イク、イク、イクぅ……うはっ！」

香苗がのけぞって、びくん、びくんと躍りあがった。あんなに足を伸ばしていたのに、イッた後は膝を曲げて、蕩《とろ》けたオマ×コを剝き出しにしている。

香苗が昇りつめたのを慈《いつく》しむように眺めながら、千華は蜜で濡れた自分の指を

舐めて、味わっている。

それから、香苗を腹這《はらば》いに寝かせて、上から背中を撫《な》でた。両手で華麗に肌をなぞり、上下に往復させる。引き締まった脇腹を撫でられて、

「あっ……あんっ……」

香苗はびくん、びくんと震えて、尻を突きあげる。

肩や背中にキスされ、肩甲骨《けんこうこつ》や背骨の上を舐められた香苗は、心から感じている様子で、腰をせりあげて、物欲しそうに上下左右に揺する。

千華から渡されたリップスティック型のローターの赤い先端を、下からクリトリスに押し当てている。

そのとき、千華が黒い貞操帯のようなものを腰に巻きつけた。

大輔は唖然とした。

アダルトグッズの宣伝で見た、ペニスバンドだった。

確か、レズビアン用の双頭のディルドーで、クロッチから前と後ろに向かって二本の張形《はりがた》が伸びているはずだ。

その一方を千華は膣に押し込んでいるのだろう。すっくと立った千華の股間から、黒い光沢を放つリアルなディルドーがそそりたっている。

それを見た香苗の表情が変わった。

「最近、お前はおチンチンを欲しがっているようだから、わたしのチンコを用意した。これで愉《たの》しむんだよ。まずは、しゃぶってもらおうか」

千華が言って、香苗を座らせ、その前に仁王立《におうだ》ちした。

ペニスバンドをつけた千華の股間から、黒光りする人工ペニスがそそりたっている。

「しゃぶりなさい！」

ぐいと押しつけられたディルドーを、香苗はおずおずと唇を開いて、頬張《ほおば》った。

途中まで咥《くわ》えると、千華が腰を振る。

黒いペニスが口腔《こうこう》をずりゅっ、ずりゅっと犯していき、目を閉じた香苗が、それを受け入れている。

ただ、息を詰めて喘いでいるのは、千華のほうだった。

ディルドーを口腔に押し込んでいるので、その衝撃が千華の膣に嵌《は》まり込んでいる、もう一方のディルドーにも伝わるというわけだ。

「んっ……あっ、んっ……」

千華は必死に喘ぎをこらえて、なおも香苗の口を犯す。

「ほんとうにスケベで貪欲だね、お前は……這《は》いなさい」

香苗がベッドに這って、千華が後ろにまわった。

「行くよ。お前のオマ×コを犯すからね」

唾液にまみれたディルドーの亀頭部《きとうぶ》で膣口をさがし、じっくりと腰を進める。

初めての体験なのか、最初は上手くいかない様子だったが、やがて、黒光りするものが姿を消していき、

「ぁあああぁぁ……！」

香苗が背中を反《そ》らせた。

「入ったぞ。お前はわたしのペニスで貫かれているんだ。うれしいか？」

「はい……千華お姉さまのペニスをいただけて、うれしいです」

千華がおずおずと腰をつかう姿がモニターに映っている。

大輔は画面を見ながら、いきりたつものをゆっくりとしごいていた。射精するのが目的ではない。出してはダメだ。しかし、ついつい強くしごきたくなってしまう。

画面では、四つん這いになった香苗をペニスバンドをつけた千華が、後ろから

犯している。

ペニスバンドの造りのせいか、そう強くは打ち込めないようだった。だが、ゆっくりと抜き差しをするたびに、黒光りするディルドーが、香苗の体内におさまり、出てきて、

「ぁああ、あああぁ」

香苗がうっとりとして喘ぐ。

千華が前に手を伸ばして、側面から乳房をとらえた。香苗の巨乳を揉みしだき、乳首を捏ねる。

「いいの……お姉さま、気持ちいい……」

「ふふっ、乳首をこんなにカチンカチンにして。お前はわたしがいないとダメなのよ。覚えておくのね……返事は？」

「はい……！」

「イキたいんだろ？」

「はい、イキたい。お姉さまのおチンチンでイキたい」

「イカせてあげるよ。右手をこちらに」

香苗が後ろに差し出した右腕を握って、千華が腰をつかいはじめた。

右腕をぐっと後ろに引っ張って、ぐいぐいと腰を突き出す。黒光りするディルドーが尻の底に出入りして、

「あん、あんっ、あんっ……ぁああ、突き刺さってくる。イキそう。イキます」

香苗が叫んだ。

「イキなさい。ああ、こっちもおかしくなってきた……出してやる。お前のなかに、精子を吐き出してやる。イクぞ、イクぞ」

「あんっ、あんっ、あっ……イク、イク、イッちゃう！」

香苗が昇りつめ、つづいて千華もがくがくと痙攣《けいれん》した。

それを見ていた大輔は、パソコンを持って、隣室に向かった。

2

大輔が部屋に入っていくと、千華がぽかんとした顔でこちらを見た。

香苗の後ろに、つながったままだ。

闖入者《ちんにゅうしゃ》が会社の営業課長であることに気づき、あわてて香苗に挿入《そうにゅう》していたディルドーを外して、布団で股間を隠した。

「……どういうこと？」

千華が香苗に訊《き》いた。

「そこに隠しカメラが仕込んであったのよ。課長は二人のことを録画していたの、隣の部屋で」

「……どうして、そんなバカなことを！　だいたい青木課長がなぜここにいるのよ！」

千華が訝《いぶか》しげな顔を向ける。絶体絶命の立場であることをまだわかっていないようだ。

大輔はパソコンを開いて、たった今録画した映像を流した。そこには、ペニスバンドをつけた千華がイチモツを香苗にしゃぶらせているシーンが再現されている。

それを見ていた千華の顔が可哀相なくらいに引きつった。

まるで、羞恥心と恐怖心が凝縮《ぎょうしゅく》したような顔だ。

「何なの、目的は何なの？」

それでも、千華は大輔をにらみつけてくる。どこまでも気の強い女だ。

「大した目的ではないですよ。これを公表されたくなかったら、もう安西香苗とは切れてください。私のかわいい部下なんでね」

「いやだと言ったら？」

「こういうものもあるんですよ」

大輔はスマホに録画してあった、電話の内容を流した。見る間に、千華の顔色が変わる。

「あのとき、あなたは香苗の隣にいたのね」

「さあ、どうでしょうかね。これを会社の内部通報窓口に持っていきますよ。あなたはどうなります？　ただでさえ、女性なのに仕事ができて、弁が立ち、美貌の持ち主であるあなたを恨んでいる者は山ほどいる。少なくとも、課長昇進の話はなくなるでしょうね」

言うと、はっきりと千華の表情が曇った。ようやく負けを認めたのだろう。

「大丈夫ですよ。これから言う三つのことを守っていただけるなら、公表されることはありません」

「……わかったわ」

「まず、香苗と完全に切れてください。連絡もダメです。もちろん、仕事の上でのイジメも許しません。いいですね？」

「わかった……で、次は？」

「あなたは営業企画部課長に昇格するでしょう。そのときはビジネス面で私を助けていただきたい」

「お安いご用よ。最後は何なの？」

「これから、私に抱かれることです。あなたはバイらしい。ということは、男でもイケるはずだ」

「いやよ。どうしてあなたごときに抱かれなきゃいけないのよ」

「拒否するなら、この画像が明日にでも、会社中のパソコンに流れます。いいんですね？」

「……困るわ」

「大したことはない。一度だけですよ。それに、あなたの身体は男を欲しがっているはずだ」

大輔が布団を剝《は》ぎ取ると、股間から黒光りするディルドーを生やした千華の裸身があらわになった。

大輔はスマホを向けて、何回もシャッターを切る。

「やめて……やめなさい！」

千華は股間を隠して、怯《おび》えたように丸くなった。

大輔は写真を撮り終えると、千華を押さえつけた。千華には気の強さでは負けるが、力では負けない。

動きを封じておいて、ディルドーをつかんだ。香苗の蜜で濡れた張形を握って、前後左右に揺すりあげる。

「やめて……やめなさい！」

千華はさかんに撥《は》ねつけようとしていたが、やがて、力が抜けて、

「ああ、あああぁぅ」

喘いで、顔をのけぞらせた。

何だかんだ言うが、オマ×コをおチンチンでずぼずぼされるのが好きなのだ。

（そうか……）

いいことを思いついた。

香苗を呼んで、耳元であることを命じた。香苗はうれしそうに微笑《ほほえ》んで、千華の足の間にしゃがみ、股間からそそりたつディルドーを握って、しごきだした。

それから、頬張って、唇をすべらせる。時々、根元を握って、強くしごく。すると、それがただちに快感につながるようで、

「ああ、香苗、気持ちいい……気持ちいいわよ」

千華が顔をのけぞらせる。

大輔は思いついたことを実行しようと、自分も裸になった。そして、千華の顔の横にしゃがみ、いきりたつものを見せつけて、命じた。

「しゃぶりなさい」

「いやよ。なんであんたのものを……！」

「いいんだな。さっきの映像を会社中に流すぞ」

「……それはやめて……」

「じゃあ、しゃぶれよ。ずっとやれと言っているんじゃない。今日だけだ。ちょっと我慢すれば、体面は保てるんだ……しゃぶれよ」

勃起《ぼっき》で頬をつんつんすると、千華が横を向いて、猛《たけ》りたつものに唇をかぶせた。

いやそうに目を閉じている。しかし、大輔が腰を動かしてイラマチオしても、頬張りつづけている。

大輔が角度を変えると、勃起の先が口中の内側を擦って、頬が異様にふくらみ、それが移動する。

別に千華に対して恨みがあるわけではないが、やはり、出来る女を貶《おとし》めるのは、ある意味、快感だった。

それに、イラマチオされながらも、股間から生えたディルドーを香苗におしゃぶりされて喘ぐ千華の姿は、倒錯したエロスに満ちている。

「香苗、もういいよ。ありがとう」

大輔は立ちあがって、千華にフェラチオするように言う。

千華はためらっていたが、やがて、前にしゃがんで、おずおずとイチモツを頬張りはじめた。

依然として、ペニスバンドをしている。その状態で、大輔のいきりたちをツーッ、ツーッと舐めあげて、上から頬張ってきた。

「んっ、んっ、んっ……」

くぐもった声を洩らしながらも、唇をすべらせる。

唇が野太いイチモツでめくれあがり、いつものショートヘアにキリッとした美貌が、台無しだ。

自暴自棄《じぼうじき》でこうしているのだろうか。それとも、本心から自分に情熱を傾けてくれているのだろうか――。

わからない。しかし、予想に反して、千華のフェラチオは達者だった。

本体を唇でしごきあげながら、睾丸袋《こうがんぶくろ》を指であやしている。お手玉でもするような手つきが巧妙で、その間も、

「んっ、んっ、んっ……」

ぴっちり締めた唇でイチモツをしごかれると、大輔の体の奥から強い快感がうねりあがってくる。

3

大輔は猛烈に結合したくなった。

フェラチオをやめさせて、千華の腰に巻かれているペニスバンドを外す。

千華の体内からディルドーを抜くと、

「ぁぁあっ……」

切なげに喘いだ。

たった今まで千華の膣におさまっていたペニスは妖《あや》しいほどにぬめ光って、白濁した蜜にまみれていた。

大輔は一刻も早く挿入したくなって、千華の膝をすくいあげる。

膝裏をつかんで開くと、千華の雌芯《めしん》は大きくひろがって、内部の鮮紅色のぬめ

りをのぞかせる。

「いやよ、やめて……！」

千華が大輔を突き放そうとする。

「さっきの映像がどうなってもいいんだね？」

「……」

「そうだ。おとなしく従っていればいいんだよ」

大輔はいきりたつものを押し当てて、じっくりと沈めていく。

切っ先がとても窮屈な肉路をこじ開けていき、

「はうぅぅ……！」

千華が顎をせりあげる。

なかなかの名器だった。なかは熱く滾《たぎ》り、粘膜が波打つように、分身にからみついてくる。

「いいモノを持っているじゃないか。これは、男を相手にして使わないともったいないよ」

大輔は膝裏をつかんでひろげながら、ぐいぐいと打ち込んでいく。

自分が今、あの矢島千華のオマ×コを貫いているのだと思うと、ますます昂奮して、分身がエレクトする。

千華は湧《わ》きあがる快感を抑えるように、両手を口に当てて、必死に喘ぎ声を押し殺していた。

「気持ちいいんだね？」

「違うわ」

「オマ×コがびくびく締まってくるんだけどな」

「それは……条件反射で、たんなる自然現象よ。わたしの膣が締まりがいいってだけでしょ？」

「そうとも言えるな……もう少し確かめてみよう」

大輔は両手で膝裏をぎゅっとつかんで、徐々《じょじょ》に大きな、強いストロークに切り換えていく。

千華も最初は顔をそむけて、静かに、

「んんっ……んんっ」

と、必死にこらえていた。だが、つづけて腰を叩きつけたとき、

「ぁあああん……あんっ、あんっ……いや、いや」

千華が首を左右に振った。

「気持ちいいんだな？」

「違うわ。全然、良くない」

「じゃあ、抜くぞ」

大輔が腰を引こうとすると、千華が大輔の腰に足をからめてきた。

「これじゃあ、抜けないよ」

「抜かなくていいの」

「どうして？」

「どうしてもよ」

「やっぱり、もっとつづけてほしいんだな？」

千華は無言だった。それでも、下腹部をくねらせて、ぐいぐいと濡れ溝を擦りつけてくる。

「おいおい、結局自分から腰をつかっているじゃないか」

「もうグダグダ言わなくていいの。男でしょ、言葉は要《い》らないから、ガンガン打ち込んでよ。あなたのぶっといものを奥まで欲しいの。行動で示してよ。もっと奥までちょうだい」

千華が下から、潤《うる》んだ目で訴えてきた。

奥まで欲しいと請われて、大輔は俄然その気になった。

膝裏をつかむ手に力を込めて、膝が腹につくほどに押さえつける。

尻がわずかに浮き、大輔の打ちおろす勃起と膣の角度がぴたりと合う。

こうなると、障害物がなくなって、勃起が容易に奥まですべり込む。

ぐっと体重を乗せた一撃を叩き込んだ。ズンッと打ちおろしておいて、途中からしゃくりあげる。

切っ先がGスポットを擦り、そのまま子宮口へと達するのがわかる。

射精しそうになって、動きを止めた。

すると、千華がおねだりしてきた。

「ぁああん、どうしてやめるの。つづけてよ、つづけなさいよ……ぁああ、欲しいのよ。思い切り、ぶっ刺してちょうだい」

そう言って、腰をくねらせる。

射精感が通りすぎるのを待って、大輔はピストンを再開する。つづけざまに突くと、

「あんっ、あんっ、あんっ」

ついに、千華があからさまに喘ぎはじめた。

（これだ。これを待っていた）

大輔は放ちそうになると、リズムを調節してやり過ごし、復活すると、また強く打ち据える。

「あんっ、あん、ぁああ」

乳房を揺らしながら、千華はととのった顔をのけぞらせる。

日頃、ツンツンした女が閨《ねや》の床で見せるもうひとつの顔が、大輔を昂《たかぶ》らせる。

もっと千華を攻めたい。攻め落としたい。

大輔はすらりとした美脚を肩にかけて、そのまま、ぐっと前に体重を乗せた。

千華の裸身が腰から二つに折れて、大輔の顔の真下に、千華の顔が見える。

つらそうに眉《まゆ》を八の字に折って、唇を嚙《か》んでいる。

ショートヘアの似合う本物の美女なだけに、苦痛と快楽の狭間《はざま》で揺れる様子が、たまらなく魅力的だった。

大輔は両手をベッドに突いて、千華の表情をうかがいながら、上から打ちおろした。

ズンッと打ち込んで、途中からすくいあげる。すると、亀頭部が粘膜の襞を擦りあげていって、そのまま奥にぶち当たる。

この体位は、ペニスがいっそう深く入る。

その上、女性は組み敷かれて自由を奪われている。だから、なおのこと支配されている感覚が強くなるのだ。

今は、その感覚を千華に味わわせたかった。上から打ちおろしていくと、

「あんっ……あんっ……あんっ……ぁあああぅぅ」

千華はのけぞりながら、シーツを鷲《わし》づかみにした。

その姿からは女の官能美があふれている。

歌劇団の男役が男に貫かれて、あんあん喘いでいたら、これはエロチック以外の何ものでもない。

それに、さっきまでタチとしてネコを攻めていた女性が身悶《みもだ》えをする姿は、ひどく刺激的だった。

つづけざまにえぐりたてると、千華が逼迫《ひっぱく》してきた。

「ぁああ、イキそう。イキそうなの」

「イキたいんだね？」

「はい……イカせて」

大輔がスパートしたとき、

「イク、イク、イクわ……はうぅぅ！」

千華は大きくのけぞって、がくん、がくんと震えた。

幸いに、大輔は射精していない。

気を遣《や》って、ぐったりとした千華から離れて、すぐ隣にごろんと仰向《あおむ》けになった。

ここは安西香苗の部屋で、セミダブルのベッドだから、そう広くはない。

満足感でいっぱいだった。香苗をセクハラしているレズビアンの課長補佐を男根でイカせて、完膚《かんぷ》なきまで打ちのめした。

恋《こ》い焦《こ》がれている谷口彰子には申し訳ないという気持ちもあるが、避けては通れない男女のからみもあるのだ。

今回がそうだった。結果的に、これで大輔は課長に昇進する千華を、脅威ではなく、味方として迎え入れられる。

千華のような出来る女を味方にしておければ、まさに千人力《せんにんりき》である。

4

息を弾《はず》ませながらも、股間のものをおっ勃《た》てていた大輔に、安西香苗が身体を寄せてきた。

「ねえ、わたし、またしたくなった」

そう言って、胸板を撫でてくる。

「もう何度もイッてるだろ」

「だって、本物のおチンチンではイッてないもの」

「ベッドが狭いし、無理だよ」

「平気よ。矢島さん、邪魔だから、なるべくスペースを開けてよ」

香苗に言われ、まだ絶頂の余韻《よいん》を引きずっている千華は、素直に脇に移動して、こちらに背中を向けた。

「ほら、これで大丈夫……待って、ローションを塗るから」

香苗がどこからか、チューブ入りのローションを取り出し、ベッドに大きなバスタオルを敷いてから、大輔の勃起にローションをちゅるちゅると塗りはじめた。

「ああ、気持ちいいよ、すごく」

大輔はうっとりとして言う。

異常になめらかなローションで、にゅるにゅると肉棹《にくざお》をしごかれると、えも言われぬ快感が育ってくる。

「もっと気持ち良くしてあげるね」

香苗はローションを乳房にも塗り伸ばした。グレープフルーツみたいな巨乳が見る間に、妖しくぬめ光ってきた。

それから、覆《おお》いかぶさるようにして、陰毛からそそりたっている肉柱を、乳房で包み込んでくる。どこまでも柔らかい塊《かたまり》がいきりたちにからみついてきて、やんわりと包み込んでくる。

香苗が交互に乳房を揺すりはじめた。

すると、真ん中の肉柱が揉み込まれて、ぐんと快感が高まる。とくに、乳肌がローションでぬるぬるなので、肉層の柔らかさも相まって、夢のような快感がふくらんでくる。

「ああ、気持ち良すぎる」

「ふふっ、これは？」

香苗が胸を離して、根元を握り、余った部分に唇をかぶせた。

ローションまみれの肉棹にしなやかな指をすべらせながら、亀頭冠《きとうかん》を中心に唇を往復させる。

「おお、うあああ！」

天国で愛撫を受けているような快感に、大輔は吼《ほ》えていた。

すると、香苗はまたパイズリしてくる。フェラとパイズリの二段攻撃である。

しかも、香苗のオッパイはFカップだから、効果が抜群なのだ。

香苗はちゅるり、ちゅるりとパイズリして、すぐに頬張ってくる。

それを交互にされると、もう我慢できなくなった。

香苗は後ろ向きにまたがって、勃起を受け入れた。それから、前に屈んで、巨乳を大輔の足に擦りつける。

ローションまみれの乳房を足に押しつけながら、大輔の向こう脛《ずね》に舌を這わせる。

柔らかくてすべすべのふくらみを擦りつけられ、脛を上下に舐められると、あまりの心地よさに、大輔の分身はますます猛りたつ。

顔を持ちあげて見ると、香苗の月のように丸いヒップがまともに目に飛び込んでくる。

しかも、狭間の底には大輔のおチンチンが嵌まっていて、香苗が腰を揺するたびに、それが見え隠れする。

上のほうには、薄茶色に色づくアヌスの窄《すぼ》まりまでものぞいている。

大輔はローションを取って、それを香苗のお尻と自分の人差し指に塗り付けた。

とろとろのローションでぬめる窄まりを指でいじると、そこがひくっ、ひくっとうごめいて、

「ぁあああ、いやよ、そこはいやっ……」

香苗がぷりぷりと尻を振った。大輔にはその尻振りが刺激を欲しがっているように映った。

大輔は用意してあったスキンを人差し指にかぶせて、たっぷりのローションをまぶした。

アヌスの中心に添えて押すと、中心がわずかにひろがって、指先が呑《の》み込まれ、

「はぁあああ……！」

香苗が心から感じているという声をあげて、がくんと顔を撥ねあげた。

「ちょっとだけど、指が入っちゃったぞ。どうする？　抜くか、それとも……」

「ぁああ、そのままにしていて。自分で調節するから」

そう言って、香苗が尻を突き出してくる。すると、人差し指がアヌスの窄まりのなかに姿を消していく。

第二関節まで嵌まったところで、

「ぁああ、これ以上は無理。気持ちいいのよ。わたし、きっとへんなんだわ。お尻の穴が気持ちいいの」

香苗が恥ずかしそうに言った。

「このくらいなら、普通だろ。いいぞ、自分で腰を振ってごらん」

「はい……」

香苗が尻を突き出したり、引いたりする。すると、おチンチンが膣口から見えたり隠れたりして、人差し指も同じようにアヌスに出入りする。

指先にペニスの硬さが感じられて、直腸と膣を隔てる壁に触ると、確かに勃起の形までもがはっきりとわかる。そして、勃起にも自分の指の動きが伝わってくるのだ。

(直腸と膣の間の肉壁はすごく薄いんだな)

大輔が人差し指をぐるっとまわすと、

「いやぁあああ……!」

悲鳴が噴きあがった。

「ゴメン、悪かった」

「ううん、いいのよ。もっとしても、大丈夫」

香苗がまた自分から腰を振りはじめた。

膣にペニスを、アヌスに人差し指を受け入れながら、巨乳を足に擦りつけて、

「ぁああ、あああ、気持ちいい……気持ちいい」

うっとりとして言う。

大輔も昂奮して、自ら腰を跳ねあげ、人差し指を出し入れする。

「ぁああ、課長、わたし、イキます。イクよ、イク……」

香苗は腰をぐいと大きく振って、「ぁあああ」と喘ぎ背中を反らせたまま、昇りつめていった。

5

香苗が離れると、矢島千華がせまってきた。

「まだ出していないのね。びっくりしたわ。あなたがこんなに強いとはね」

上から目線で言って、仰臥《ぎょうが》している大輔をじっと見た。

それから、チュッ、チュッと胸板にキスをして、顔を下腹部におろしていく。

「やめろよ」

「いいでしょ？　わたしはあなたに忠誠を誓ったんだから」

千華はそう言って、まだ愛蜜で濡れている肉柱に触れた。にっこりしてしごき、肉柱をツーッと舐めあげ、

「美味しいわよ、香苗のマン汁……もうこれを味わえないのかしら？　わたしはそうは思わないけど……ぁああ、美味しい……」

舌鼓《したつづみ》を打った。それから、頬張ってくる。

そそりたつものに唇をかぶせて、ずりゅっ、ずりゅっと大きくすべらせる。

気持ち良かった。

今夜は、もう何度フェラチオされただろうか……。何度されても、気持ちいいものはいい。

彰子のフェラも、香苗のフェラも、千華のフェラもすべていい。

千華は咥えながら、舌で擦ってきた。勃起の裏側に舌を強くからめながら、顔を振って、唇をすべらせる。

湧《わ》きあがる快感に酔いしれていると、追い討ちをかけてきた。

千華はイチモツの根元まですっぽりと口に含み、またなかで強烈に舌を巻きつけてくる。

それから、チューッと吸われた。亀頭部を喉に呑み込みながら、顔を打ち振る。

バキュームフェラである。千華は、当然ながらクンニは得意のはずだが、フェラまで達者だった。

顔はいいし、頭もいいうえに、セックスでは女も男も相手にできる。これほどに完璧な女は他にいない。

しかも、さっき大輔のピストンできっちり昇りつめたのだから、女性としての感度も抜群だといえる。

「んっ、んっ、んっ……」

つづけざまに顔を打ち振られ、唇で亀頭冠をしごかれると、あまりの快感で気が遠くなりそうだった。

千華はちゅっぱっと吐き出して、大輔にまたがってきた。向かい合う形でM字開脚し、いきりたつものを擦りつけ、慎重に沈み込んでくる。

勃起がぬるぬるした肉路に吸い込まれていき、

「はうぅ……！」

千華はまっすぐに上体を立てる。

それから、静かに腰を揺すりはじめた。その腰づかいが徐々に激しいものに変わり、

「ぁああ、ああうぅぅ」

気持ち良さそうに顔をのけぞらせる。

歌劇団の男役を思わせる美貌の持ち主が、くびれたウエストから下をくいっ、くいっと鋭く打ち振っては、

「ぁああ、あああ、いい……いいのよぉ」

艶《なま》めかしく喘ぐ。

突然、千華は前に倒れて、キスをしてきた。大輔の顔をつかんで唇を合わせながら、ぐいぐいと腰をつかう。

姿は女性でありながらも、やることは男と何ら変わらない。そのギャップが、大輔を燃えさせる。

大輔も動きたくなった。

千華の背中と腰を抱き寄せて、下から撥ねあげてやる。屹立が斜め上方に向か

って膣を擦りあげていき、

「んんっ……あんっ、あんっ、あんっ」

キスをやめた千華が切なげに喘いだ。

大輔にまたがった千華は、上体を立てて、自分から腰をつかいはじめた。

膝を立てて開き、その状態で腰を上げ下げする。

日頃からスポーツジムなどで足腰を鍛えているのだろうか。千華はかるがると
スクワットを繰り返して、大輔のイチモツをしごきあげる。

「おっ、あっ……」

大輔がうねりあがる快感をこらえたとき、目の前に白いヒップがせまってきた。

安西香苗の尻だった。

「ねえ、舐めて……お願い」

そう言って、香苗は尻の底を擦りつけてくる。

甘い性臭がまき散らされている女の花園に、大輔は舌を這わせる。

「ああ、いいの……課長の舌、いつも気持ちいい……ぁあぅぅ」

香苗の声がやんだ。

ハッとして腰の横から見ると、香苗と千華はキスをしているのだった。

騎乗位で大輔のペニスを受け入れた千華と、顔面騎乗して大輔にクンニされている香苗が、向かい合う形でキスをしているのだ。

千華は腰を振って濡れ溝をペニスに擦りつけながら、キスをする。香苗もそれに応えている。

二人は大輔の上で、お互いを抱きしめ合っている。

冷静に考えたら、今日かぎりで別れるのだから、あってはならない行為だ。

しかし、それとこれとは別で、今、三人とも大昂奮している。

大輔はふたたび尻の底に顔を押し当てて、クンニをする。香苗の濡れ溝を舐めながら、腰をせりあげて、千華の膣を突きあげてやる。

「んんっ、んんんっ……」

二人のくぐもった声がして、大輔がぐいぐいと膣を突きあげながら、オマ×コを舐めると、

「ぁあああ……課長、いいの」

「あんっ、あんっ、あんっ……ぁああ、たまらない」

二人の声が入り乱れて聞こえ、大輔はもう我慢できなくなった。

(ええい、叱られたら叱られたときだ!)

下から出て、二人をベッドに這わせた。香苗は小ぶりで、千華のヒップのほうが大きい。

二つの尻が突き出されている。

大輔はベッドから降りて、床に足を踏ん張った。

まずは、香苗のヒップの底に、猛りたつものを打ち込んだ。ぬるぬるっと嵌まり込んでいって、

「はうぅぅ……!」

香苗が顔を撥ねあげる。つづけざまに叩きつけると、

「あんっ、あんっ、ああん……いいの。いいのよぉ」

心底気持ち良さそうに喘ぐ。

そのとき、千華の声がした。

「わたしのほうが役職は上なんだから、わたしからしてよ」

「しょうがないな」

大輔は結合を外して、蜜まみれのイチモツを千華の尻の底に叩き込んだ。

「ぁあああ……いい! カチカチのおチンチン、硬くて長くて太いわ。もっとち

ようだい！」

「ああ、わたしにも早くください。わたしがこの件の依頼主なんですからね」

香苗が反発して言う。大輔は怒張《どちょう》を外して、また、香苗のなかに押し込む。

（まいったな。女二人を満足させるのは難しい。最後はどちらに射精すればいいんだ……）

大輔は贅沢な悩みを抱えつつも、二人を交互に犯しつづけた。

第四章　不倫人妻の真骨頂

1

「青木さん、今夜は元気がありませんね。何か気がかりなことでもおありなんですか？」

佐藤百合子《さとうゆりこ》が心配そうに、青木大輔を見つめてきた。

三十二歳の人妻らしく、気配りができる。アップにした髪が似合うやさしげな癒《いや》し系で、適度に肉がついていて、いわゆる『女らしさ』が滲《にじ》みでている。

人妻であるのに、この夜は胸元のひろく開いた、やけにセクシーなワンピースドレスを身につけていた。

巨乳だから、いかにも美味しそうな丸々とした果実が今にもこぼれ出てきそうで、ついつい視線がそこに落ちてしまう。

酒が入っていなければ、こんな告白をしようとは思わなかっただろう。

今夜は『湯けむりの会』があって、その二次会でショットバーに百合子を連れてきていた。

『湯けむりの会』は、大分県立N高校の同窓会有志が集《つど》った、出身者限定の吞《の》み会だ。だいたい月に一度開かれていて、今回は四回目だった。

会名は、別府《べっぷ》の温泉街に立ちのぼる壮観な湯けむりに因《ちな》んで付けられたのだが、べつに温泉に入るわけでもなく、ただたんに居酒屋で吞み食いをして、日頃の憂《う》さを晴らすという集まりだ。

一線を退《しりぞ》いたシルバーエイジの先輩たちが段取りをつけてくれているので、声をかけられると、そう無下《むげ》に断るわけにもいかない。

だいたいいつも十名ほどが集まる。谷口彰子も参加したことがあり、先輩たちは美しい未亡人の参加を大いに喜んでくれた。

今回、彰子が顔を出したので、吞み会の後はどこかのホテルへでもと考えていたのだが、彼女は会が終わるやいなや、さっさと会場を後にした。

「わたしでよければ話してください」

黙っていると、百合子に質問の追い討ちをかけられた。

場所はカウンターの隅っこだから、大きな声さえ出さなければ、他人には聞こえないだろう。

「名前は言えないけど、好きな女の人ができてね」

「よかったじゃないですか！」

フライング気味に百合子が食いついていた。

もちろん、好きな女とは谷口彰子のことだが、実名は出したくない。

「いい雰囲気でここまできていたんだ。だけど、この前、ベッドで彼女が間違えて、俺とは違う男の名前を呼んだんだ」

言うと、百合子が眉《まゆ》をひそめるのがわかった。

「元カレというか、亡くなったダンナの名前でね。そこから、一気に醒《さ》めてしまった。なぜかというと、俺は彼女に亡夫のことを忘れさせようと努力してきたんだ。それなのに、ベッドでそいつの名前を呼ばれたんじゃ、ドッチラケだよ。しかも、イク寸前にだよ。イクときって、女性は理性を失って、本音《ほんね》が出るじゃないか。ああ、心の底ではまだ亡くなったあいつのことが忘れられないんだなって……ゴメン。いやだろ、こんな話」

「いいえ、いやではありません。むしろ、うれしいです。わたしにそこまで打ち明けていただいて」

「ありがとう。ところで、きみ、もうだいぶ遅いけど、ご主人はいいのかい？」

「はい……今、主人は海外勤務でもう半年も逢っていないんです……」

そう言って、百合子が複雑な顔をした。

百合子のご主人は建設関係の現場監督をしていて、今は東南アジアのインフラ整備のために派遣されているらしい。

「危険だから、来るなと言われていて、わたしたち、子供もいないので……」

ふと、百合子の視線が大輔のズボンの股間に落ちたような気がした。

気のせいかもしれない。だが、二次会までついてきたのだから——。

こんな邪推《じゃすい》をしてしまうのは、同窓会で再会して以来、何度も体を重ねてきた彰子との関係がうまくいっていないせいかもしれない。

亀裂のきっかけは、最愛の彰子がベッドで省吾の名前を呼んだからだ。

自分でも気づいたのか、彰子はハッとして、

『ゴメンなさい。彼のことは忘れてしまっているのよ。ほんとうよ、信じて』

と、必死に抗弁してきた。

だが、時すでに遅し、大輔はいたく傷ついて、下半身の力が抜けてしまった。

それ以来、セックスをしても、彰子が相手だと不安感が先立ってしまう。

しばらくして、二次会のショットバーを出て、

「少し休んでから、帰ろうか」

誘うと、百合子は無言でうなずいた。

（ああ、やはり密かに期待していたんだな）

百合子と夫の夫婦仲の程度はわからないが、夫の半年の不在が百合子を苦しめていることは確かなようだ。

スマホで近くにあるホテルの部屋を取り、百合子とともにチェックインした。

エレベーターのなかで抱き寄せてキスをすると、百合子はそれに応えて、おずおずと舌をからめてきた。

二つの罪悪感が脳裏をかすめる。一つは谷口彰子に、もう一つは、東南アジアへ単身赴任し、インフラ整備の監督をしている百合子の夫に対してだ。

しかし、百合子の手がズボンの股間に伸びて、それをさすってきたとき、後ろめたさが見事なまでに欲望に取って代わった。

（彰子がいけないんだ。セックスの途中で、亡夫の名前を呼ばれたら、誰だってそこで終わる……！）

十五階でエレベーターが停まり、二人は廊下を歩いて部屋のドアを開ける。

シンプルなダブルの部屋で、広い窓際に応接セットが置いてある。

カーテンを開けると、都心の夜景が見えた。窓際に立っている百合子を後ろから、そっと抱きしめる。

厚みはあるが、抱き心地のいい肢体が腕のなかでしなって、

「あっ……」

百合子が小さく喘《あえ》ぎ、それを恥《は》じるように手の甲を口に当てて、うつむいた。

あらわになったうなじに、チュッ、チュッとキスをすると、

「あんっ……！」

百合子が敏感に首をすくめる。

うなじにかかる、渦を巻いた後れ毛を感じながら、右手を前にまわし、ひろく開いたドレスの胸元から手をすべり込ませた。

ブラカップの裏側へと手が入り込むと、柔らかくたわわなふくらみを感じた。

しっとりと湿った肌が指に吸いついてくる。

指先がじかに乳首に触れると、

「ああんっ……！」

百合子はがくんと頭を撥《は》ねあげて、いやいやをするように首を振った。

ホテルの窓から夜景を眺めながら、右手にたわわな乳房の弾力を感じる。そこだけ明らかに硬くしこっている乳首を指先でかるく捏《こ》ねると、突起がますますカチカチになり、

「んんっ……んんんんっ……ぁあああ、青木さん、このことは絶対に内緒でお願いしますね」

百合子がガラスに映った大輔を見て、言う。

夫が海外で必死に働いている間に、他の男と情を交わしていることがバレたら、世間からバッシングを受けるのは目に見えている。

「もちろん。絶対に口外しないから、安心して」

「はい……さっきから、硬いものが当たっています。これは何ですか？」

百合子が後ろ手で、ズボン越しに勃起《ぼっき》を握ってきた。

「ひとまわりも歳の違う後輩を、と思うと、こうなってしまう」

「それはわたしも一緒ですよ。母校の歳の離れた先輩とこうなると、すごく気持ちが……」

百合子はガラスに映り込んでいる大輔を伏目がちに見て、硬直を握りしごいてくる。

うねりあがる快感をこらえきれなくなって、大輔は乳房を揉《も》みあげ、中心の突起を指の腹で挟んで捏ねる。

するとﾞ、百合子はもどかしそうに腰をくねらせて、

「ダメっ、これ以上されると……シャワーを浴びさせてください」

「わかった。その前に……」

大輔は百合子をこちらに向かせて、キスをする。顔を両手で挟みつけるように唇を重ねると、

「んんっ……んんんっ」

百合子はくぐもった声を洩《も》らしながら、右手をおろして、正面から股間の勃起を撫《な》でさすってきた。

百合子は舌をからめて、吸い、ぎゅっと抱きついてくる。

やはり、夫の不在が、百合子の肉体と精神を追い込んでいたのだろう。セックスの悦《よろこ》びを知った女性に六カ月もの禁欲生活は長すぎる。

唇を離した百合子の身体がいきなり沈み込んだ。ズボンのベルトに手をかけて、ゆるめる。

「ありがたいけど、きっとオシッコ臭いぞ」

「わたし、ここのイカ臭い匂いは嫌いじゃないんです」

百合子は見あげて言って、ズボンとブリーフを膝《ひざ》までおろした。

ぶるんと転げ出てきた勃起を見て、一瞬、目が見開かれた。それから、顔を寄せて、くんくんと匂いを嗅ぎ、

「好きな香り……大丈夫ですよ。いやな匂いじゃないわ」

見あげて言って、亀頭部《きとうぶ》に窄《すぼ》めた唇を押しつける。

品よくキスして、顔を横向け、尿道口を溝に沿って舐めてくる。唾液まみれの舌がちろちろと躍って、くすぐったさが途中から快感に変わった。

「ああ、気持ちいいよ。上手だね」

褒《ほ》めると、百合子はちらりと大輔を見あげて、口角《こうかく》を吊《つ》りあげた。

それから、赤い舌を出して、亀頭冠《きとうかん》の真裏にあたる包皮小帯をちろちろと舐める。ぞわぞわした快感がうねりあがってきたが、大輔は夜景を眺めて、それをこらえた。

百合子はギンとしたペニスに唇をかぶせて、

「んっ、んっ、んっ……」

つづけざまに顔を打ち振って、亀頭冠を攻めたててくる。

そうしながら、根元を握りしごかれると、この世のものとは思えない快感がうねりあがってきた。

「ああ、なんて気持ちいいんだ。ほんとうに上手だね」

正直に言うと、百合子は大輔を見あげながら、鼻の下を長くした顔で、唇と舌で敏感なカリを擦《こす》ってきた。

同時に、激しく茎胴を握りしごかれるので、大輔はあっという間に追い込まれた。

「ゴメン。もう、入れたくなった。もちろん、きみがまだ早いというなら入れないけど」

「……いいですよ。わたし、服を着たまままされるのも好きなんです」

百合子は立ちあがり、パンティストッキングと茜色《あかねいろ》のパンティをおろして、足先から抜き取った。

「どうしたら、いいですか？」

「そうだな。ガラスに手を突いて、お尻をこちらに突き出してもらえると、ありがたい」

「あまり見ないでくださいね。もう濡れているから、舐めなくていいです。それに、シャワーも浴びていませんから」

百合子はガラス窓に両手を突いて腰を突き出す。

大輔は後ろにしゃがんで、ワンピースドレスの裾《すそ》をまくりあげた。

「ぁああ、いやっ……」

とっさに隠そうとする手を外して、尻の割れ目の底にしゃぶりついた。

「ぁああ、いけません」

逃れようとする腰をつかんで固定し、ぺろり、ぺろりと恥肉に舌を走らせる。

花園は、まったく小便臭さはなく、甘酸っぱい性臭に満ちていた。その芳香《ほうこう》を吸い込みながら、狭間《はざま》を舐める。すでに花肉は潤《うる》みきっていて、ぬるっ、ぬるっと舌がすべり、

「ぁあああぅぅぅ」

百合子がくなっと腰をよじった。

つづけて舐めると、もう我慢できないとでもいうように百合子は喘ぎ、

「ああ、欲しい。青木さん、欲しい」

腰を突き出して、せがんでくる。

大輔は立ちあがって、真後ろについた。ギンとしている怒張《どちょう》の先で沼のよう

になった箇所《かしょ》をなぞり、そこに沈み込ませていく。

亀頭部が、とても窮屈だが、とろとろになった恥肉に突き刺さっていき、

「ぁあぁうぅぅ……！」

百合子は背中を反《そ》らせて喘ぐ。

外は暗く、部屋は明るい。窓に二人の姿が映り込んでいた。その向こうには、スカイツリーが青白く浮びあがっている。

大輔は腰をつかみ寄せて、少しずつ打ち込みのピッチをあげていく。

まったりと吸いつくようなオマ×コだった。時々、膣《ちつ》が痙攣《けいれん》するように締めつけてくる。

一瞬、彰子が脳裏をよぎった。だが、彰子がいけないのだ。

（ああ、くそっ！）

苛立《いらだ》ちがうねりあがってきて、ごく自然に強く打ち込んでいた。すると、百合子が逼迫《ひっぱく》してきて、スパートすると、

「イキます……イクぅぅ」

百合子は背中を大きく反らして、その場に崩れ落ちた。

2

シャワーを浴びてから、二人はベッドに横たわった。腕枕すると、百合子が二の腕に頭を乗せて、こちらを向く。

セックスで満たされたのか、顔がつやつやだ。アップの髪は解かれて、ストレートの黒髪が乳房まで届いている。

「ひさしぶりなんです、こういう時間が欲しかった」

「よかった。俺もそうだよ。きみと上手くできて、自信を取り戻した」

「……その彼女って、今日、会に出ていた谷口さんのことでしょ？」

「え、なんで？」

「未亡人で、青木さんが親しそうだった人って、彰子さんしかいないじゃないの。女はね、よく見ているんですよ、そういうところは」

「そうか。じゃあ、きみは彼女だとわかっていて？」

「青木さんのあの話を聞いて、なぜか、かえって燃えちゃった。きっと、彰子さんが憧れの先輩だからでしょうね。十年先輩だけど、同窓会で話す機会があって、素晴らしい人だなって……そんな先輩の今の恋人に抱かれてみたかった」

「おいおい、大胆すぎるぞ……で、今は失望したか？」

「ううん、抱かれて正解だった」

百合子は上体を持ちあげて、大輔の胸板にチュッ、チュッとキスをする。

黒ずんでいる乳首に向かって唇を窄めながら、胸板や脇腹を手でさすってくる。

唇と手が触れたところからぞわぞわっとした戦慄《せんりつ》が走り、下腹部のものに一段と力が漲《みなぎ》る。

百合子は唇を唇に重ねながら、右手をおろしていき、いきりたちを握った。

唇を舐めながら、しなやかな指で屹立《きつりつ》をきゅっ、きゅっとしごく。まだ射精していない分身はそれだけで、また熱い滾《たぎ》りのなかに入りたくなる。

百合子はキスをやめて、右手で巧みに肉棹《にくざお》を握りしごきながら、じっと大輔を見た。

大輔が快感に顔をゆがめると、それで満足したのか、キスをおろしていく。

首すじから胸板、さらに、脇腹から腹部へとキスが散らされる。その間もずっと勃起を握り、時々しごくので、快感が加速度的にふくらんでいく。

百合子は見た目の癒し系とは違って、したたかで、セックスも巧みだった。

百合子がフェラチオしようとするので、大輔は思い切って言ってみた。

「シックスナインをしようか」

「でも、恥《は》ずかしいわ」

「大丈夫。きみのオマ×コはとてもきれいで、いい香りがする」

言うと、百合子はおずおずとまたがってくる。尻を向けて、前に倒れ、股間のものを握った。

ゆっくりとしごきながら、チュッ、チュッと亀頭部にキスをする。

それから、唇をかぶせて静かにスライドさせる。

うねりあがる快感をこらえて、大輔は目の前の雌芯《めしん》に見入った。

縦に長い蘭《らん》のような花弁が、わずかにひろがって、内部の鮮紅色をのぞかせている。花蜜で全体がぬらぬらと光っている。

狭間に舌を押しつけて、ツーッと舐めあげると、

「んんんっ……！」

百合子は肉棹を頬張《ほおば》ったまま、くぐもった声を洩らして、切なそうに尻を揺する。くなくなと腰をよじりながらも、情熱的に硬直をしゃぶっている。

結婚して四年が経つというから、百合子の肉体はすでに開発されているはず

だ。そこで、半年もご無沙汰状態になったら、寂しくて仕方ないだろう。

今、ひさしぶりにオスを相手にして、抑えられていた情欲が堰《せき》を切ってあふれているのだ。

不倫といえば不倫だが、許される不倫もある。亭主が知らなければ、すべてがウインウインの形になる。

世の中の不倫のほとんどがウインウインではないだろうか。不倫はバレて初めて罪悪になるのだ。

大輔は顔を持ちあげて狭間の粘膜を舐め、笹舟形の下にあるクリトリスを舐めた。

包皮をかぶった肉の真珠を舌で上下左右に弾《はじ》き、チューッと吸うと、

「んんんんっ……！」

百合子は頬張ったまま、くぐもった声を洩らす。

大輔が断続的に吸うと、

「ぁああ、もうダメっ……それ、感じすぎる」

百合子は顔をあげて、唾液まみれの肉柱を握って、しごきあげる。

つづけて陰核をチューチュー吸うと、百合子はもうどうしていいのかわからな

いといった様子で、がくん、がくんと痙攣しはじめた。

「ぁああ、欲しい」

「じゃあ、咥《くわ》えてくれないか」

頼むと、百合子がまた肉棹にしゃぶりついた。

「んっ、んっ、んっ……」

つづけざまに顔を打ち振って、口でしごいてくる。

大輔は人差し指に中指を重ねるようにして、膣口に押し当てる。そのまま力を込めると、ぬるぬるっと嵌《は》まり込んでいって、

「んあっ……！」

百合子が咥えたまま、凄艶《せいえん》な声を洩らした。

「そうら、根元まで呑み込んだ。エッチなオマ×コだ。ひくひくして、悦んでいる。すごいな、指が吸い込まれそうだ」

「言わないでください」

百合子が肉棹を吐き出して、言う。

大輔がゆっくりと抜き差しすると、ぐちゅぐちゅと淫靡《いんび》な音とともにとろっとした蜜があふれ、

「ぁああ、あああ……気持ちいいの。青木さん、とてもいいの」

「きみのオマ×コはすごいぞ。ねっとりとからみついくる。締めつけも強い」

「恥ずかしいわ。イジめないでください」

「イジめてないよ。むしろ、褒めているんだ。ほら、おしゃぶりして」

「ああ、ゴメンなさい」

百合子がまた頬張ってきた。顔を打ち振ると、ストレートロングの髪が揺れて、柔らかな毛先が下腹部をくすぐってくる。

指を出し入れしながら、膣粘膜の下側に指の腹を擦りつけてやる。こちらにはGスポットがあるはずだ。

ざらつく箇所を押しながら擦っていると、百合子の気配が逼迫してきた。

「んんん、んんんっ……ぁああ、できない。ああ、すごい。熱いの。あそこが熱い……」

「どうしてほしい？」

「ちょうだい。青木さんのオチンポをください」

百合子はシックスナインの形から、そのまま移動していき、お尻をこちらに向けた。いきりたつものを翳《かげ》りの底に押し当てて、慎重に沈み込んでくる。

ぬるぬるっと肉柱がすべり込んでいって、
「はうぅぅ……！」
百合子は上半身を立てた後、のけぞった。それから、もう待てないとでもいう
ように腰を振りはじめる。
やや前傾して、くいっ、くいっと前後に振るので、真っ白なハート形のヒップ
が近づいてきて、その迫力に圧倒された。
（やっぱり、腰の振り方もエネルギッシュだ。やさしい顔をしているのに、セッ
クスが心底好きなんだろうな）
大輔は両手を前に伸ばし、腰をつかんで尻振りの手助けをしてやる。
すると、百合子はいっそうダイナミックに腰を動かして、
「あっ、あっ、ぁあああ、いい……」
ついには、両膝を立てて開き、腰を上下につかいはじめた。斜めに腰が触れ
て、怒張が尻の底に突き刺さっているのがわかる。
「ぁああ、気持ちいい……青木さんのオチンポ、長さも太さも硬さもちょうどい
い……彰子さん、こんな理想的なオチンポを入れてもらいながら、過去の男の名
前を呼ぶなんて、信じられない」

大輔が喜びそうなことを言って、百合子はぐっと前に屈み、巨乳と呼んでも差し支《つか》えのない乳房を足に擦りつけながら、腰をつかう。

尻があがって、挿入《そうにゅう》部分とアヌスの窄まりが見え隠れする。

「悪いけど、向こう脛《ずね》を舐めてくれないか？」

「こ、こうですか？」

百合子がさらに前屈して、脛を舐めてきた。向こう脛は舐められると、すごく感じる。

「気持ちいいぞ。大きなオッパイも当たっていて、両方、気持ちいい。それに、きみの排泄《はいせつ》の孔《あな》が丸見えで眺めも最高だ」

言葉でなぶると、

「ああ、恥ずかしい……言わないでください。ぁああ、脛がしょっぱいわ」

百合子はそう言うものの、舐めることをやめようとしない。

大輔は両手を伸ばして、尻を持ちあげて、ストンと落とす。それを繰り返していると、

「ぁああ、もうダメっ……」

百合子は足にしがみつくようにして、全身を前後に揺らしながら、くいっ、く

いっと腰をつかう。

それから、もっと前傾して、大輔の足の先を舐めてきた。足首から甲へ、さらには、足指までしゃぶってくる。

親指をすっぽりと頰張られて、フェラチオさながらに、吸われながら往復されると、くすぐったさが快感に変わった。

大輔は両手で尻たぶをつかみ、ぐいとひろげてやる。茶褐色のアヌスがあらわになって、

「ぁああ、いや……」

百合子が親指を吐き出して、羞恥《しゅうち》に身をよじった。

ここぞばかりに大輔は指を舐めて、唾液をアヌスの周辺から中心になすりつける。

「あん、そこはダメっ」

百合子が右手を後ろにまわして、排泄の孔を隠した。

アヌスの窄まりを指で愛撫すると、百合子はそこも感じるのか、

「恥ずかしい……でも、気持ちいい。ぞくぞくする……ぁああ、あああ、もっとして」

と、せがんでくる。

人差し指で中心を押すと、皺《しわ》の凝集《ぎょうしゅう》した箇所がうごめいて、くいっ、くいっと指先を呑み込もうとする。

このまま力を入れたら、指先までアヌスに入ってしまいそうだった。しかし、初めてのセックスでそれをやったら、さすがに嫌われるだろう。

大輔はアナル攻めをやめて、前を向くように言う。

すぐに、百合子が時計回りで身体をまわしはじめた。深々と嵌まり込んだ勃起を回転軸にして、苦労しながら身体を回転させる。いったん真横になったときに、斜め下から突きあげると、

「ああ、こんなの初めて。深いわ。あんっ、あんっ……許して。もう許して……おかしくなる」

そう口では言いながらも、百合子は腰を突き出して、斜めからの突きを貪《むさぼ》ろうとする。

横から見た乳房は丼《どんぶり》を伏せたような形で、乳首がツンと上を向いていて、その圧倒的な横乳に大輔は燃えた。

もっと見たかったが、百合子が自分で回転をはじめた。

向かい合う形でまともに見る巨乳は、しゃぶりつきたくなるほどに豊かで、光沢を放っている。濃いピンクの乳輪から二段式に乳首がせりだして、そこに長い髪の毛がかかっていた。

百合子は膝を開き、立てたままゆっくりと尻を持ちあげて、おろす。そのたびに、肉柱が見え隠れする。

少しずつ上下動のピッチがあがり、巨乳も揺れて、

「あんっ、あんっ、あんっ」

百合子の喘ぎがスタッカートした。

膣のなかは熱く滾り、ふっくらした粘膜が行き来する硬直にまとわりついてくる。

百合子の指と自分の指を組み合わせて支えてやると、百合子は少し前傾しながら、腰をストン、ストンと落として、根元まで受け入れたところで腰をまわす。

「ぁああ、ああ……気持ちいいの。どうして、こんなに気持ちいいの？」

そう喘ぐように言いながら、百合子は濡れ溝を擦りつけてくる。

「さあ、こっちに。キスをしよう」

誘うと、百合子はうれしそうに抱きついてきた。

やはり、人肌が恋しくなっていたのだろう。抱き合って接吻するうちに、百合子はもっとしてとばかりに自ら腰を振る。

大輔が唇を吸いながら、下半身を突きあげてやると、女体が弾《はず》み、百合子はキスできなくなったのか、顔をあげて、

「ああ、すごい……青木さん、ほんとうにすごいわ」

ぎゅっと抱きついてきた。

大輔は背中と腰を引き寄せて、下から大きく突きあげる。つづけざまに、跳ねあげてやると、勃起が斜め上方に向かって、膣を擦りあげていき、

「ぁああ、またイキそう。イカせて」

百合子が訴えてくる。

「ダメだ。まだイカせない」

大輔はぴたりとストロークを止めた。

3

「ああん、意地悪しないで……つづけてよ」

百合子がせがんでくる。

「ダメだ。今度は簡単にはイカせない」

大輔は百合子に上体を起こさせて、自分も腹筋運動の要領で半身を立てた。

対面座位の形で、グレープフルーツみたいな乳房にしゃぶりつく。

右手でふくらみを揉みしだき、トップを舌で転がし、吸う。それをつづけていると、百合子はもうじっとしていられないという風情《ふぜい》で腰を振り、濡れ溝を擦りつけ、体内で勃起を締めつけて、

「ぁあああ、腰が勝手に動くの。恥ずかしいのに、自然に動いちゃう……ぁあ、ぐりぐりしてくる」

そう言いながらも、ますます激しく腰を前後に打ち振った。

こうなると、大輔も自分から動きたくなる。

百合子の背中を支えながら、後ろに倒した。百合子が曲げた両足を開いたので、大輔は座ったまま、かるくピストンする。

「あん、あん、あん」

百合子が小気味よく喘いだ。しかし、これではまだまだ挿入が浅い。

大輔は膝を抜いて、上体を立て、百合子の膝の裏をつかんですくいあげた。

「ああ、深い！」

百合子が両手でシーツを鷲《わし》づかみにして、顎《あご》をせりあげる。

大輔は、百合子が『深い』と歓喜したやり方をつづけ、前に体重をかけて、腰を打ち振る。上から突き刺しながら、途中からしゃくりあげる。

するると、亀頭部がGスポットを擦りあげていき、奥のポルチオに届く。それを繰り返すと、明らかに百合子の様子がさしせまったものに変わった。

「ああ、イキそう。ゴメンなさい。また、イッちゃう……」

「ダメだ。まだイカせない」

大輔がぴたりと動きを止めると、

「ああ、意地悪よ。どうしてこんな意地悪をするの？　イカせて、イキたいの。おかしくなっちゃう」

百合子が下から潤みきった瞳で見あげてくる。

「しょうがないな。じゃあ、自分で乳首を捏ねて、クリトリスもいじりなさい」

「えっ……？」

「いやなら、いいんだ」

「わかった。やるわ」

百合子は左右の乳首を腕を交差させて、転がす。

親指と中指で乳首の側面を捏ねる。そうしながら、時々トップを人差し指で触り、叩くようにする。それを大輔はじっと観察した。

「ぁああ、あああ、欲しい。ぐりぐりして……」

「ダメだ。クリは？」

百合子の右手がおずおずとおりてきて、性器の結合地点に達した。巻き込まれたクリトリスを引っ張りだすようにして、中指でくりくりと捏ねて、

「ぁああ、気持ちいい。恥ずかしいけど気持ちいい……ぁあああ、ちょうだい。ちょうだいよ」

百合子は乳首をいじり、クリトリスを丸く捏ねながら、せがんでくる。

「どうしてほしいの？」

「ああ、青木さん、ほんとうに意地が悪いんだから」

「言わないと、しないよ」

「……ガンガン突いてください。百合子の奥をオチンポでぐいぐい突いてください」

大輔は百合子の期待に応えようと、ぐいぐい突いた。

膝の裏をつかんで開かせる。股関節が柔らかく、百合子の足は百八十度近くま

でひろがった。

恥丘には陰毛が台形に繁茂《はんも》していて、打ち込むと、恥丘が勃起の形に盛りあがった。

そして、百合子は、

「あん、あん、あんっ」

と甲高《かんだか》く喘いで、顎をせりあげる。

あまりにも深く入りすぎていて、大輔は放ちそうになった。それをぐっとこらえ、足を放して、覆《おお》いかぶさっていく。

唇を合わせて、舌を差し込むと、百合子も積極的に舌をからめてくる。

ディープキスをしながら、大輔は抜き差しをする。

「んっ……んっ……んっ」

百合子は唇の隙間から、くぐもった喘ぎを洩らして、大輔を抱き寄せる。

その積極的な行為からして、百合子はもはや海外勤務の夫など、眼中になさそうだ。

しかし、これでまた夫が帰国したら、何事もなかったように夫に抱かれるに違いない――。

大輔はキスをやめて、乳房にしゃぶりついた。たわわすぎるふくらみを片手で揉みしだき、乳首を舐める。

舌で弾き、吸う。そうしながら、腰を動かすと、

「ぁあぁ、蕩《とろ》けちゃう……気持ち良すぎて、蕩ける……ぁあああ、ぁあうぅ」

百合子はすっきりした眉を八の字に折って、今にも泣きださんばかりだ。

もう片方の乳首を舐め、吸った。同時に屹立をめり込ませる。

それをつづけているうちに、百合子はもうイキたくてしようがないといったふうに、自ら恥丘をせりあげ、顔をのけぞらせる。

大輔はもっと強く打ち込みたくなって、両腕を立てた。腕立て伏せの形で、ぐいぐいと屹立をめり込ませていく。

「あんっ、あんっ、あんっ」

と、百合子は心からの悦びの声をスタッカートさせる。

両足を大きく開いて、屹立を奥へと導き、両手で大輔の腕にしがみつき、

「もう、もうイク……イカせて」

ぎりぎりの状態で訴えてくる。

大輔も、もはやこれ以上は我慢できそうになかった。

腰をつかって、ぐいぐい叩き込むと、

「あんっ、あんっ……ぁあああ、ください。青木さんのザーメンをください」

百合子が訴えてくる。

「いいのか？」

「はい……わたし、大丈夫な日だから」

「そうか……出すぞ」

「はい……ください。あんっ、あんっ、あんっ……ぁあああああ、来るわ、来る……ちょうだい」

大輔が大きく打ち込んだとき、切っ先が扁桃腺《へんとうせん》のようにふくらんだ子宮口に包み込まれて、一気に性感が高まった。

「そうら、百合子さん、イッていいんだぞ」

大輔は息を詰めて、スパートした。極限まで勃起したイチモツが膣の奥を擦りあげて、

「イクわ。イク、イク、イッちゃう……ゃぁあああああ！」

百合子が部屋中に響きわたる絶頂の声をあげ、次の瞬間、大輔も男液をしこたましぶかせていた。

4

しばらくの間、大輔は谷口彰子との連絡を断ち、佐藤百合子と肉体関係を持ちつづけた。どうせ、夫が帰国するまでの不倫である。

そのことをお互いに了解しているからこそ、関係をセックスだけに絞ることができた。

その夜も、二人は横浜にあるホテルの最上階で、みなとみらいの夜景を眺められるスカイバーのカウンターで酒を呑んでいた。

髪をアップにした百合子がもじもじしているのは、膣にピンクローターがおさまっているからだ。遠隔操作のできるローターで、大輔がリモコンを持って密かに操作している。

大輔がポケットのリモコンを手さぐりで『強』にすると、わずかにビーンという振動音が洩れてきて、

「んっ……！」

百合子がビクッと身を震わせ、大輔を見て首を振った。

「んっ、何かあったか？」

大輔がとぼけて言うと、「ひどい人」という顔をして、百合子はニットワンピースの恥丘にあたる箇所を、両手で上から押さえつけた。

ミニのドレスだから、足を開いたら、その奥まで見えてしまう。ローターが外れるのを押さえるために、パンティはちゃんと穿《は》いているから、ローターや取り出し用の紐が見えることはない。

それでも、不安なのだろう。百合子は左右の太腿《ふともも》を必要以上によじり合わせながら、ローターの入っているあたりを手で押さえつけている。

それに、肌に密着したニットワンピースの、大きく盛りあがった乳房の頂点からは、二つの突起があからさまに飛び出してしまっている。

さっきトイレで、ブラジャーを外してもらった。誰もが二度見するに違いないほど、露骨に乳首がおっ勃《た》っている。

「ほら、あそこに高速道路を走る車の列が見えるだろ。ヘッドライトとテールランプが数珠《じゅず》つながりしている。まるでネックレスのようだ」

「そうね。光の首飾りだわ。……そろそろ部屋に行きたいんだけど」

「ここに来て、まだ三十分も経っていない。もう少し呑んでからにしよう」

大輔はボーイを呼び、百合子に新しいカクテルを二つオーダーさせる。

百合子がオーダーするときを見計らって、リモコンのスイッチを押す。振動のリズムが変わって、

「んっ……！」

百合子がオーダーの途中で言葉に詰まった。

「どうされました。大丈夫ですか？」

イケメンのボーイに心配されて、

「い、いいえ、何でもありません。注文をつづけますね」

百合子はオーダーを終えて、

「いけない人ね」

大輔を悪戯《いたずら》っぽい目でにらみつけてくる。

「あなたのせいだ」

百合子が、どうしてという顔で大輔を見る。

「きみがすべて許してくれるからだ。それで俺がどんどんつけあがってしまう」

「男の人の願望を叶えることが好きなの。今だって」

百合子は人目のないことを確かめ、大輔の手を取って、ニットの上から股間に当てた。

そこは、ビーッ、ビーッと細かく振動していた。

しばらくして、二人はバーを出た。

部屋へと降りていくエレベーターには、幸いにして大輔と百合子しか乗っていない。

大輔は正面からキスをして、同時に右手でミニのニットワンピースの裾をまくりあげるようにして、太腿の奥に手を添えた。

ビーッ、ビーッと強い振動が伝わってきて、

「んんっ、んんんっ……」

唇をふさがれて、くぐもった声を洩らしながらも、百合子は大輔の股間に触れてくる。情感たっぷりにさすりあげられると、大輔は早くもしゃぶってほしくなったが、さすがエレベーターのなかでは無理だ。

エレベーターが六階で停まると、二人は廊下を急ぎ、603号室に入った。

大輔はそのまま百合子をバルコニーに連れていく。

この周辺で唯一バルコニーのあるリゾートホテルだ。すぐ近くには遊園地と世界最大の時計型大観覧車があり、見事にライトアップされている。

大観覧車の営業はもう終わっているから、こちらを覗《のぞ》かれる心配はない。

白い小さなテーブルと二脚の椅子が置いてあった。

「椅子に座って、足を開いて」

「えっ！　見られないですか？」

「大丈夫。遊園地の営業はもう終わっているし、正面側に高い建物はない。だから、大丈夫。座って、足を開いて」

百合子は白い椅子に腰をおろして、少しずつ膝を開いていく。レースカーテンから部屋の明かりが洩れてきて、二人の痴態を浮びあがらせている。

言われたように片足を肘掛《ひじか》けにかけた百合子は、シルバーのパンティをのぞかせて、ニットワンピースの裾をまくりあげた。

シルバーのパンティが大観覧車のイルミネーションを反射して、妖《あや》しい光沢を放っている。

大輔はしばらくローターを止めていた。長くつづけていると、せっかくの効果が薄れるからだ。

セックスも同じだ。マンネリが最大の敵だ。

結局は入れて、擦って、出すというシンプルな行為だから、油断をするとマンネリ化に陥《おちい》る。大輔も注意は払っているが、マンネリから逃れるのは、とても難しい。

リモコンをテーブルの上に置いて、再びスイッチを入れる。すると、百合子のパンティの下から、ビーッ、ビーッというくぐもった振動音が聞こえてきた。

徐々にパワーをアップさせると、

「あっ……ぁあああ」

百合子は声が出るのを手の甲で抑えながら、いやいやをするように首を振った。

足を閉じようとするので、開かせて、もう片方の足も肘掛けにかけさせた。

M字開脚した百合子は、もうどうしていいのかわからないといった様子で、大きなため息をついた。

振動のリズムを変えると、

「あっ……これ、いや……あっ、あっ……ぁああ、見えてない？　見られるわ」

百合子が訴えてくる。

「大丈夫、誰も見ちゃいない。見ているとしたら、あの大観覧車だけだよ」

大輔は近づいていき、百合子の前にしゃがんだ。

目の前にはM字開脚した足があり、シルバーのパンティの基底部が楕円形《だえんけい》の大きなシミを作っていた。

　バルコニーでM字開脚して、百合子は顔をそむけている。

　シミになったクロッチをひょいと横にずらすと、ビーンという振動音が一気に大きくなり、濡れた花肉からは、紫色の長い輪のようなコードが出ているのが見える。本体を引っ張りだすためのコードだ。

　大輔は輪のコードをつかんで、ゆっくりと引く。

　すると、濡れた膣口から、ラグビーボールのような形をした紫色の大きめのローターが顔を出した。

　楕円形のローターは白濁した蜜にまみれて、いやらしくぬめ光りながら、すごい勢いで振動している。

「ああ、聞こえる」

「はっきり聞こえる。こんな勢いで身体のなかで振動されたら、たまらないだろうね」

「大輔さんも入れてみる？」

　いつからか、青木さんではなく、「大輔さん」と呼ばれていた。

「遠慮しておくよ」

「ずるいわ。男の人も一度、試したらいいのよ。オチンチンやローターを入れられる気持ちがどんなものかわかるわ。そうしたら、きっと女性にやさしくなる」

「もっともだ。今度、試してみるよ」

口ではそう言ったものの、実際にはしないだろう。だいたい、入れる場所がない。アヌスは絶対にいやだ。

ローターが半分見えたところで、ふたたび押し込む。

「抜いてくれるんじゃないの？」

「ああ、もう少し愉《たの》しみたいんだ」

大輔は顔を寄せて、繊毛《せんもう》の下のほうを舐めた。

クリトリスに舌を走らせると、舌にも絶え間ない振動を感じる。

この状態で肉芽《にくが》を攻められると、おそらく快感が倍増するはずだ。

「ぁああ、あああ……気持ちいい。おかしくなりそうよ……自分がしていることが恥ずかしいわ」

百合子が顔をそむけながらも、ぐいぐいと下腹部をせりあげる。

こうなると、大輔も分身を咥えてほしくなる。

大輔は立ちあがり、百合子のタイトなワンピースを腰までおろす。

グレープフルーツみたいな双乳がこぼれて、レースカーテンから洩れる明かりに白々と照らされた。

「いやっ……」

百合子が周囲を見まわしながら、とっさに両手で隠した。

大輔はズボンとブリーフを足先から脱ぎ、下半身すっぽんぽんで、バルコニーの椅子に腰かけた。

足を大きく開いて、

「一生のお願いだ。頼むよ、咥えてもらえないか？」

「……でも、見られるわ」

「見られないよ。ほら、こっちを見ることができる場所はないから。きみは男の願望を叶えるのが喜びだと言ったはずだ」

「……そうね。わかったわ」

百合子がバルコニーの床にしゃがんだ。両膝を突いて、顔を寄せてくる。

満天の星に向かってそそりたつ肉柱に、チュッ、チュッと慈《いつく》しむようなキスを浴びせる。

分身が躍りあがると、百合子はうれしそうに見あげながら、裏筋を舐めあげてきた。

5

バルコニーの椅子に座って、人妻の百合子からご奉仕フェラチオを受けるシチュエーションは、気持ち良すぎて、これが現実だとはとても思えなかった。

柔らかな唇で、ずりゅっ、ずりゅっと肉棹をしごかれ、さらに、亀頭冠を巻きくるめるように往復されると、えも言われぬ快感がうねりあがってきて、ついつい目を瞑《つぶ》ってしまった。

(せっかくのバルコニーフェラなのだから、景色を愉しもう)

大輔は必死に目を開ける。

近くに緑と赤と黄色にライトアップされた大観覧車が見える。遊園地や埠頭《ふとう》の明かりも見える。

水平線あたりに停泊して明かりの点《つ》いた船は、クルーズ客船だろう。

「んっ、んっ、んっ……」

激しくストロークされて、大輔は下を見る。

髪をアップにした百合子が一途《いちず》に首を振って、大輔のイチモツをかわいがってくれている。

ニットワンピースの上半身があらわになっていて、Fカップはあるだろう乳房が波打っている。

百合子はちゅるっと吐き出すと、ぐっと胸を寄せてきた。上から唾液を何度も垂らして、ふくらみの内側を濡らす。

さらに、大輔の肉棹にも唾液を落として、唾でぬるぬるにする。

(もしかして、あれをしてくれるのか?)

予感したとおり、百合子が巨乳を寄せてきた。

左右のたわわなふくらみで、中心の勃起を両側から包み込んでくる。

乳房を押して真ん中に集め、一緒に上下に揺らせる。

餅のような柔らかな肉層が分身にまとわりついてくる。

(ああ、気持ち良すぎる!)

まさかのバルコニーでのパイズリに、大輔は天を仰《あお》ぐ。

夜空には無数の星が煌《きら》めいていて、眩しいほどだ。

ふたたび視線を向ける。

ゴムまりのような双球の谷間から、亀頭部がかろうじて顔をのぞかせている。

もう少しで肉の大海原《おおうなばら》に溺れてしまいそうで、アップアップ状態だ。

百合子はもう一度、唾液を落として潤わせ、今度は左右交互にしごいてきた。

乳房の一方をあげて、もう片方をさげる。そうやって、中心の屹立を強烈に摩擦してくる。

それから、乳首を内に向けて、肉棹の軸に擦りつけては、

「ああ、これ気持ちいい」

と、腰を揺らめかせる。

やがて、百合子はパイズリをやめて、大輔を立たせた。

サッシに背中をつける形で立っている大輔の前にしゃがみ、睾丸《こうがん》を舐めあげてくる。

肉棹を握って持ちあげ、皺袋《しわぶくろ》を下から舐める。ついには、キンタマを頬張ってきた。

片側の睾丸を口に含み、なかで舌をからませる。そうしながら、しなやかな指で勃起を握りしごく。

(ああ、この女……！)

大輔はもたらされる歓喜にうっとりと酔いしれた。

鐓袋をお手玉のようにあやされ、本体を頰張られて、ぐちゅぐちゅと唇をすべらされると、大輔も我慢できなくなった。

「ここで入れたくなった。させてもらえるか？」

訊《き》くと、百合子は目でうなずいて、立ちあがった。

百合子はパンティを脱いで、足先から抜き取る。

「あっ、ローターは俺に外させてくれ」

大輔は前にしゃがみ、ニットワンピースの裾をまくりあげる。肉貝から垂れているコードを引っ張ると、徐々にローターが姿を現し、ついには抜けて、

「あんっ……！」

百合子は小さく喘いだ。

紫色の楕円形のローターはいまだ細かく振動をつづけ、妖しいほどにぬめ光っている。

大輔はスイッチを切り、百合子にフェンスにつかまってもらい、腰を引き寄せる。

裾をまくると、色白でむちむちした尻があらわになり、大輔は後ろにしゃがんで、狭間を舐めた。

膣口がいまだ閉じきらずに、わずかに赤い内部をのぞかせている。

甘酸っぱい蜜があふれて、それを舐めとると、

「あっ……んっ……ぁあああ、いや、声が……」

百合子は必死に声を押し殺す。

大輔は立ちあがって、鋭角に持ちあがっている亀頭部をそっと割れ目に押しつけた。

静かに押していくと、肉の扉が開く感触があって、

「ぁああっ……！」

百合子がのけぞって、フェンスの上部をつかんだ。

柵はあるが、側面は透明なアクリルで覆われているから、もし見られているとしたら丸見えだ。だが、かまやしない。見せつけてやればいい。

「ぁああ、すごい……こんなの初めてよ」

百合子が首をねじ曲げて、大輔を見た。

「俺もだよ」

いつまで生きられるかわからないが、セックスではやり残したことがないようにしたい。

谷口彰子との再会以来、とくに強くそう思うようになった。すると、不思議なことに、女性を抱く機会が増えてきた。何事も願わなければ、叶わない。それがようやくわかってきた。

腰を引き寄せて、ゆったりと抜き差しをする。スローピッチでじっくりとしたほうが、粘膜のからみつきがわかって、いっそう感じる。

やたら速くピストンするのは、女性にも男性にも意味がない。高速ピストンはイクときだけでいい。

「んっ、んっ、んっ」

と、百合子は喘ぎを押し殺している。

推定Fカップの乳房が揺れているのを見て、手をまわし込んだ。たわわなふくらみを揉みながら、後ろから突くと、それがいいのか、百合子の様子がさしせまってきた。

肉路の締めつけを感じて、大輔も逼迫しつつある。

大きな乳房をつかみ、明らかに硬くなっている乳首をつまんで転がした。そうしながら、徐々にピッチをあげていく。

膣のホールド感が強くなり、大輔も追いつめられる。

「ぁあああ、イクわ、イッちゃう……」

「いいんだよ、イッて……俺も出す」

最後は腰をつかみ寄せて、思い切り叩き込んだ。ぶつかる音が外の空間にひろがっていき、駄目押しとばかりに打ち据《す》えたとき、

「イクぅ……！」

百合子が大きくのけぞり、次の瞬間、大輔も男液をしぶかせていた。

第五章　空閨《くうけい》を守る若女将

1

青木大輔は連休を利用して、ひさしぶりに行われる中学校の同窓会に出席するため大分県に帰郷していた。

同窓会に出ることを決めたのには、理由がある。

大輔は女の愛情に飢《う》えていた。肉体関係まで進んだ谷口彰子や佐藤百合子とは、目下、ほぼ没交渉状態なのだ。

佐藤百合子の夫が日本に戻ってきて、それ以降、百合子は大輔と逢ってくれなくなった。

もちろん、百合子の取った行動は正しい。

二人はセックスフレンドと割り切ってつきあっていた。そして、夫が帰ってきて、百合子にはセックスできる男が身近にいる。夫が嫌いなら話は別だが、そうではないようだから、落ち着くべきところに落ち着いたのだ。

そして、大輔と彰子との関係は、いまだ亀裂が入ったままだ。

彰子から来たメールに返事をしないでいたら、彼女からメールも電話もこなくなった。つまり、非常にマズい状態にある。今回の同窓会には、出身中学校が違うので、彰子が出席することはない。

そして、出席する最大の決め手となったのは、同窓会の会場が、以前から気にかけていた湯布院《ゆふいん》にある旅館だったことだ。

この旅館は、同じ中学校出身の稲守仁美《いなもりひとみ》が若女将《わかおかみ》をしており、同窓会のためにかなり便宜《べんぎ》をはかってくれたらしい。

稲守仁美は小学校も大輔と同じだった。

当時六年生で登校班の班長をしていた大輔は、同じ班で三学年下の仁美が登校時に激しい風雨で傘を壊した際に、傘を貸してやり、自分は傘なしでずぶ濡れになって、学校まで急いだ覚えがある。

それを仁美は覚えていて、大輔が高校生のときに当時中学三年生だった仁美に告白されたことがあった。

仁美はかわいかったし、もっと年齢が近かったら、あるいは大輔もつきあう気になったかもしれない。しかし、いくらなんでも中学生では無理だ。

大輔は東京の大学に進学した。そして、仁美は大分の大学に進み、その後、旅館の若社長と出逢って、結婚した。

若女将になり旅館の顔として活躍していたが、夫とは死別したらしい。

四十一歳になった今も、義母を差しおいて、女将然として旅館を切り盛りしていると、風の便りに聞いた。

三年前に帰郷したときに、仁美に偶然逢った。和服を着て、若女将になりきった凜々《りり》しい姿を見て、感心した記憶がある。

それもあって、大輔は同窓会への出席を決めたのだ。

仁美の旅館は、湯布院の繁華街からは離れている。建物自体は古いが落ち着きのある造りで、歴史を感じさせて、高級感にあふれていた。

同窓会は旅館を借り切った形で、三十名ほどが集まった。

大広間で行われたパーティーには、八十歳を過ぎた当時の校長や教員も出席し、大輔も懐かしい級友たちに再会して、ほとんど消えかけている思い出話や、各々の現在の状況報告で盛りあがった。

仁美は落ち着いた着物に金糸《きんし》の入った帯を締めて、会場でも目立った。

仲居や進行役にテキパキと指示を送りながらも、かつてのクラスメートたちと楽しそうに談笑する。

実質上の女将として働くきりっとした姿と、かつての級友相手に楽しそうに笑う仁美とのギャップに、大輔は大いに魅了された。

熱気にあてられ、大輔は会場から出た。

廊下から見える由布岳《ゆふだけ》をぼんやりと眺めていると、仁美が近づいてきた。

「おひさしぶりです。三年前でしたね、お逢いしたのは」

仁美がにこやかに話しかけてきた。

「そうですね……」

「大ちゃんがいらしてくれて、よかった」

仁美がうれしそうな顔をした。大輔は小さな頃から、仁美には『大ちゃん』と呼ばれていた。そう呼ばれると、不思議に懐かしい気持ちが込みあげてきて、二人の距離があっという間に縮まる。

仁美は四十一歳だが、いつもお客と接する仕事をしているせいだろうか、肌つやもいいし、全身に活気が満ちあふれていて、年齢による衰えなど微塵《みじん》も感じさせない。

「今回は仁美ちゃんの旅館でやるというから、それならば行ってみようかなと」

「ありがとうございます。うちを貸した甲斐《かい》があったわ」

仁美が微笑《ほほえ》んだ。その婉然《えんぜん》とした笑みに色気を感じて、股間のものがじんわりと力を漲《みなぎ》らせてくる。

「こんなに立派な旅館を切り盛りしているんだね。感心したよ」

「……主人が亡くなったので、それからしばらくは大変でした。ようやく、落ちついたところです」

「旦那さんはいつ頃、亡くなったの？」

「ちょうど二年前です。癌でしばらく闘病していたんですけど……」

「若いのに大変だったね。そう言えば、俺の女房も癌で逝《い》ったんだ」

「そのようですね……」

仁美はその事実を知っていた。

「もう、十年前だよ」

「大変でしたね」

「子供もまだできていなかったから、それは不幸中の幸いだったかな」

「……失礼なことをお訊《き》きしますが、再婚は？」

「していないよ。妻を亡くしたのがショックで、なかなかそういう気持ちにならなくて……四十四歳で独身だよ。……仁美ちゃん、子供は？」

「幼稚園に通っている息子がひとりいます」

「よかった、跡取りがいて……でも、女将をしながら育てるのは大変だろう？」

「お義母さまやお義父さまが手伝ってくれるので、助かっています」

「ああ、それならいいね」

少しの間、会話が途絶えた。その沈黙を打ち消すように仁美が言った。

「大ちゃんは今夜うちに泊まっていかれるんですよね？」

「もちろん……実家に帰るのは面倒だし。ここにはきみがいる」

そう言うと、仁美がはにかんだ。

「できる限りのおもてなしをさせていただきますね」

「ありがとう。そうだ……今夜、同窓会がはねて、旅館の仕事も終わったら、部屋に遊びにこないか。積もる話もあるし……」

思い切って、誘ってみた。

「遅くなりますよ。それでも、よければ……」

仁美が下からねっとりと見あげてきた。その表情に、どこか甘えるような媚《こび》を感じて、下半身がぞくっとした。

「かまわないよ。俺は、仁美ちゃんが来るまで待っている」

「……わかりました。そろそろ会場に戻ります」

仁美は丁寧《ていねい》にお辞儀をして、会場に向かった。

着物に包まれた尻はむっちりと熟《う》れていて、草履《ぞうり》を履《は》いた足が内股気味に進んでいく。

2

同窓会が終わり、地元の者はそれぞれが自宅に帰り、遠方から来ている者は旅館に泊まった。

十名ほどが泊まっているだろうか。ほとんどが知り合いだし、貸し切りなので、旅館としての利益は多くはないだろうが、今後、彼らにこの旅館を使ってもらえればと目算《もくさん》はしているはずだ。

（さすがだな、しっかりしている）

大輔は一度、大浴場につかって、今日一日の疲労を取った。

資材メーカーの営業課長としての仕事は、すべてが上手くいっている訳ではないが、絶望的というほどでもない。課長として頭を悩ますことは多いが、それも給料のうちだと割り切っている。

うちの会社で、四十四歳で課長ならば、まあまあというところだろう。

問題は私生活だ。

四十四歳で、まだローンの残る家にひとりで住んでいる。

昔は独身貴族などという言葉があったし、ある意味、それは男の憧《あこが》れの生活だろう。しかし、それも私生活が充実して初めて言えることだ。

もう一度、所帯を持ちたい――。

天は自分に、谷口彰子との運命的な再会というチャンスを与えてくれた。

彰子は、初恋の女であり、手ひどく自分を振った女でもあった。

勇気を振り絞って誘った。そうしたら、彰子はついてきた。

彼女は、死んでもなお自分を縛っている省吾から解放されたかったのだ。二人の方向性は合い、大輔は彼女を抱いた。

彰子は身悶《みもだ》えをしながら昇りつめて、身をゆだねてきた。

大輔もそれに応えようとした。それなのに、どうしてこんな最悪の事態になってしまったのか――。

大輔は、昇りつめる寸前に、自分ではなく省吾の名前を呼んだ彰子を、どうしても許せないのだった。

（もう、いい。彰子のことは考えないようにしよう。どうせ何をしても、彼女は省吾から離れられないのだ……。今夜は、上手くいけば、仁美ちゃんを抱けるかもしれない……）

省吾はお湯から出て、部屋に戻った。

時計を見る。

（まだ、仁美は後片付けをしているのだろうな……しかし、ほんとうに来てくれるんだろうか？）

などと考えているうちに、眠くなった。

二間つづきの和室に敷かれた布団にごろんと横になった。

スーッと眠りの底に落ちていく。

どのくらいの時間が経過しただろうか。スマホの呼び出し音で目が覚めた。

とっさに出ると、仁美からだった。仁美にはさっき名刺を渡しておいた。

「ああ、俺だけど……部屋に来られそうかな」

「はい……でも、その前にお風呂に入りませんか。大ちゃんの背中を流させてください。いけませんか？」

「いや、うれしいよ、それは……」

「よかった。今から貸切風呂の『由布《ゆふ》』にいらしてください。わたしも向かいますので」

「わかった。ありがとう」

大輔は電話を切って、布団を出た。

急いで、お風呂セットを持ち、部屋を出る。

三階にある貸切風呂『由布』に鍵はかかっておらず、札を「入浴中」に返して、大輔はなかに入る。

覗《のぞ》くと、内風呂と外風呂があり、外風呂は露天風呂になっている。仁美はまだ来ていない。

ここなら、仁美とセックスをしなくても、至福の時間が持てそうだ。

脱衣所で裸になり、内風呂でかけ湯をして、御影石《みかげいし》でできた浴槽につかる。

無色透明でさらっとしたお湯だから、長く入っていられそうだ。

目を瞑《つぶ》って温泉を味わっていると、ドアが開く音がした。

稲守仁美だ。

脱衣所で浴衣を脱ぐシルエットが、すりガラスを通して見える。

すぐに、仁美が入ってきた。

胸から下に白いバスタオルを巻いて、手には洗い用のタオルを持っている。

髪はアップに結《ゆ》っていて、ほっそりした首すじから肩にかけてのラインが悩ましい。バスタオルを持ちあげた胸のふくらみは想像以上に大きい。

「……それでは寒いでしょう。一度、湯船につかって、それから背中を流したらどうですか？」

「でも……」

「平気だよ。ジロジロとは見ないから」

大輔は意識的に明るく言う。

「そうですか……では、お言葉に甘えさせていただきますね」

仁美はバスタオルを外して、かけ湯をする。カランの前にしゃがんで、片膝《かたひざ》を突き、肩からお湯をかける。

大輔はその乳房を横から見ることができた。

たわわである。お椀を伏せたような形で、真ん中より上についている乳首がツンと頭を擡《もた》げている。

仁美は見られていることがわかるはずだが、気にしていないようで、股間を湯で流すと、立ちあがり、こちらを向いた。

タオルを胸から下へ垂らしているが、豊かな双乳と深い谷間は隠しようがなく、下腹部の縦に長い翳《かげ》りも見える。

仁美がどこに入ったらいいのか迷っているようなので、

「ここへ」

と、隣を示す。

仁美はタオルを浴槽の縁《へり》に置いて、隣に腰をおろした。浴槽の床にお尻をつけて、女座りをする。

透明なお湯なので、乳房のふくらみや頂上の赤い突起、裸身のシルエットがお湯のなかで揺れている。

大輔はなるべく見ないようにして、前を向く。

仁美がいきなり言った。

「失礼なことをうかがいますが、大ちゃん、今はつきあっている女性はいないんですか？」

「……いないよ。いたけど、ダメになった」

大輔は谷口彰子のことを思い浮かべていた。

「俺のことより、仁美ちゃんだよ。つきあっている男はいないの？」

「……いません。主人が亡くなってから、旅館の切り盛りが大変で……最近、ようやく軌道に乗って、ほっとしているところです」

そう言って、仁美は肩にお湯をかける。色白のきめ細かい肌にお湯が流れて、肩の丸みが妖《あや》しく光った。

「……そろそろ、背中を流させてください」

「申し訳ないよ」

「いいんですよ。小学生のとき、傘を壊したわたしに、大ちゃんは傘を貸してくれた。自分がずぶ濡れになるのに……そのお礼です。出てください」

「……悪いな」

大輔は湯船からあがって、洗い椅子に腰かけた。

すると、仁美は後ろにしゃがんで、お湯を汲《く》み、タオルに石鹸を塗り込んで、泡立てた。

そのタオルで肩から背中にかけて、擦《こす》りながらすべらせる。

「気持ちいいよ、すごく……疲れが取れていくのがわかる」

「よかった……大ちゃんが同窓会に出席するって聞いて、すごくうれしかったんですよ」

そう言って、仁美が後ろから抱きついてきた。

背中に温かく、たわわな胸のふくらみを感じた途端に、股間のものが力を漲らせる。

股間にはタオルをかけていたのだが、それが押し上げられて、外れて落ちた。

これでは勃起《ぼっき》しているのがわかってしまう。

とっさに手で隠そうとしたが、その前に、仁美の手が伸びてきた。

「大ちゃんのここ、どうしてこんなになっているんですか？」

そう耳元で訊きながら、おずおずと触ってくる。

手は石鹼まみれなので、指が勃起をすべるたびに、疼《うず》くような快感が押しあがってきた。

「ダメだよ。若女将がこんなことをしては」

心にもないことを言う。

「あのとき、困っていたわたしを助けてくれた班長に、ずっと恩返しをしなくちゃと思っていたの」

仁美は耳元で囁《ささや》いて、後ろから屹立《きつりつ》を握りしめてきた。

たわわな乳房が泡まみれの背中に押しつけられて、すべる。その豊かな胸の感触と、分身をしごかれる快感に大輔は身を任せる。

もともと、こうしてほしかったのだ。拒《こば》む理由などない。

内風呂なので、前には鏡がついていて、そこに石鹼で白くなった肉柱を、仁美の長い指が往復し、睾丸《こうがん》までさすってくる卑猥《ひわい》な光景が映っていた。

「こっちを向いてください」

言われて、大輔は方向転換して仁美のほうを向き、洗い椅子に腰かける。

目の前に、仁美のたわわな乳房が息づいていた。

授乳したとは思えないほどに微塵《みじん》の型崩れもない美乳だった。お湯につかって赤みを帯びたふくらみの中心より上に、濃いピンクの乳首がツンと頭を擡げている。

その全体が白い石鹼にまぶされている。

「触っていいかい？」

乳房を見て、訊《たず》ねる。

「はい……」

大輔は乳房に手を伸ばして、おずおずと揉《も》んだ。石鹼でちゅるり、ちゅるりと乳肌がすべって、指先が突起に触れると、

「んっ……！」

仁美は喉《のど》の奥で低く呻《うめ》き、がくんと顔をのけぞらせた。

「感じやすいんだね？」

「それは……大ちゃんだからよ」

「ゴメンな。せっかく告白されたのに、断ってしまって……あのときは、きみがまだ中学生だったから」

「好きな人がいたんでしょ。聞いていたわ。大ちゃんは谷口彰子さんが好きらしいって……」

「……ばれていたのか？」

「ええ……わたし、ダメもとで告白したの。やっぱり、ダメだった……ぁああ、それ……はうぅぅぅ」

乳首を捏《こ》ねると、仁美が顎《あご》をせりあげた。

「でも、彰子さんは違う人と結婚したんだし……」

「そうだな。もうとっくに忘れたよ」

大輔は見栄《みえ》を張る。そう自分を信じ込ませたかった。

乳房をちゅるちゅると揉みしだき、突起を転がした。すると、仁美は下腹部のいきりたちを握り、強弱をつけてしごきながら、

「ぁああ、あうぅぅぅ……」

と、悩ましい顔で喘《あえ》ぐ。

それから、仁美はお湯を汲んで、大輔の体についていた石鹸を洗い流し、自分の肌もきれいに流した。

前にしゃがみ、両手を大輔の太腿《ふともも》に添えて、バランスを取りながら、屹立を頬《ほお》張《ば》ってきた。

前に屈み込むようにして、おずおずと唇をすべらせ、屹立を唇と舌でしごいてくる。

(ああ、これが仁美ちゃんのフェラチオか……！)

まだ幼い頃の仁美を知っているだけに、感慨深いものがある。

結いあげられた黒髪からのぞくうなじが色っぽい。顔が上下に振れて、唇も屹立にからみつきながら上下動する。

「ああ、気持ちいいよ。最高だ」

思いを告げると、仁美はますます情熱的に顔を打ち振り、唇でしごきたててくる。

「んっ、んっ、んっ……」

ついには、くぐもった声とともに激しく往復されると、大輔は早くも挿入《そうにゅう》したくなった。

「ありがとう。身体が冷えるだろう。なかでしようか」

提案する。

仁美は肉棹《にくざお》を吐き出して、こくんとうなずいた。下から見あげる目は、どこかとろんとして、潤《うる》みきっていた。

3

大輔は御影石の湯船に座り、その太腿をまたぐようにして、仁美が向かい合う形でしゃがんでいる。

勃起はおさまってはおらず、仁美の開いた太腿の前でそそりたっている。

仁美は顔を寄せて、キスをしてきた。

大輔の顔を手で挟むようにして、唇を重ね、舌を差し込んでくる。

舌をやさしくからめると、仁美は湧《わ》きあがる情動をぶつけるように、強く舌を吸い、からませ、抱きついてくる。

大輔は温まっている裸身を抱き寄せ、自分から舌をつかい、口腔《こうこう》をなぞり、背中を撫《な》でる。

すべすべした肌を撫でさすり、抱き寄せる。

前から手を差し込んで、片方の乳房をとらえた。たわわなふくらみを揉みしだき、突起を指で転がすと、

「んんんっ……んんんっ……」

仁美は唇の隙間からくぐもった声を洩《も》らしながら、腰をくねらせる。

大輔の足の上で尻が揺れ、勃起も刺激を受ける。

仁美はキスをしながら、大輔の勃起をつかんだ。そのまま、自分の膣口《ちつぐち》に導いて腰を沈めてくる。

「はうぅぅぅ……！」

切っ先がとても窮屈で、蕩《とろ》けた箇所《かしょ》を押し広げていく感触があって、
仁美はキスできなくなって、顔をのけぞらせた。

（俺はあの仁美ちゃんのオマ×コとつながった！）

同じ登校班だった女の子の体内に自分のイチモツを埋めこんでしまった。

夢のようだ。しかし、これが現実であることは、肉路の締めつけと仁美の喘ぎでわかる。

「ぁあああ、感じる。大ちゃんのあれをはっきりと感じる。ずっとこうしたかったの。あの頃から、こうしたかった……ぁあああ、あああああ、いい」

仁美は大輔の両肩につかまり、のけぞるようにして腰をつかった。

大輔の分身は、お湯より熱いと感じる膣で揉みくちゃにされ、揺さぶられる。

仁美が前後に腰を振るたびに、お湯がちゃぷちゃぷと波打ち、白い湯けむりも揺れる。

「ぁあああ、ああうぅぅ……すごい。感じる。すごく感じる……大ちゃんのおチンチンがわたしを貫《つらぬ》いている。お臍《へそ》に届きそうよ」

「俺もこうしたかった。すごいよ、仁美ちゃんのここは。ぎゅんぎゅん締まって、俺を吸い込もうとする」

「ぁあああ、気持ちいい……」

仁美は腰を揺すりながら、ふたたびキスをせがむ。

二人は温泉のなかで、対面座位の形でまぐわい、キスをした。

「ぁああ、ダメッ……イキそうなの」

仁美が唇を離して、しがみついてきた。

「イキたいかい？」

「ええ、イキたい……二年ぶりなのよ」

「……じゃあ、立って、そこで後ろを向いて」

指示をすると、仁美はいったん結合を外して、湯船の縁につかまって、腰を後ろに突き出してきた。

抜けるように色の白い肌が、全体に桜色に染まって、色っぽい。

細くくびれたウエストから充実した尻が急峻《きゅうしゅん》な角度でせりだしていて、桜色に染まったヒップがお湯でコーティングされていた。

黒々とした繊毛《せんもう》からも、お湯がしたたっている。

大輔は真後ろに立って、いきりたつものを押しつける。ハート形に割れた双臀《そうでん》の谷間をすべらせていき、濡れそぼっている箇所に目標を定め、あてがってじっくりと腰を進めた。

鋭角にそそりたつものが沼地をとらえて、沈み込んでいくと、

「ぁあああ……！」

仁美は振り絞るような声を洩らして、ぐーんとのけぞった。しなった背中が悩ましい。

さらに腰を入れると、分身が根元まで嵌《は》まり込んでいって、

「はぅぅ……！」

仁美はさらにのけぞって、顔を撥《は》ねあげた。

大輔は細腰をつかんで引き寄せながら、腰をつかう。

ゆっくりと打ち込んでいくと、粘膜がざわめきながらからみついてきて、気持ち良さが増す。

仁美は最初は両腕を伸ばしていたが、徐々《じょじょ》に強いストロークに切り換えていくと、

「あんっ、あんっ、あんっ……」

甲高《かんだか》く喘ぎながら、腕を折って、上体を低くした。

その分、尻は高く持ちあがる。

迫力のある尻をつかみ寄せて、ストロークに緩急をつけた。

奥には届かせず、浅瀬だけを素早くピストンすると、

「ぁあああ、あああ……気持ちいい……蕩けていく。わたし、おかしくなりそ

う。ぁあああああ、焦《じ》らさないで」

そう訴えて、自分から腰を突き出してきた。もっと深いところにちょうだい、とばかりに尻をせりだして、自分も抽送《ちゅうそう》に合わせて、腰をつかう。

四十路《よそじ》を過ぎると、女性は性に関しては貪欲《どんよく》になるという。

若い頃はクリトリスでイッていた。それが、四十路に向かうにつれて、子宮や膣で感じるようになる。ホルモン分泌《ぶんぴつ》の関係もあって、身体が膣での深い快楽を求めるようになるらしい。

仁美はおそらく、身体が深いセックスの悦《よろこ》びを感じはじめたときに、夫が亡くなり、燃え盛る性欲を必死に抑えてきたのだろう。

それが、大輔のような気の置ける男と再会して、今、抑えていた欲望を解き放そうとしているのだ。

子宮口に届くような一撃をつづけざまに叩き込むと、ピシャンピシャンと乾いた音が内湯に響き、

「あんっ、あんっ、あんっ……ぁあああ、おかしくなる。わたし、おかしくなる」

仁美が訴えてくる。

「気持ちいいんだね？」

「はい……気持ちいい……おかしくなりそう。すごい、すごい、すごい……ぁあ

あ、もっとください」

仁美が右手を後ろに突き出してきた。

こうしてほしいのだろうと、その腕をつかみ、後ろに引き寄せた。引っ張りな

がら、イチモツを叩きつけると、半身になった仁美の乳房が揺れて、

「あん、あんっ……ぁあああ、イキそう……大ちゃん、わたし、イク……！」

仁美がぎりぎりの状態で訴えてきた。

「いいよ、イッて……仁美ちゃんがイクのをこの目で見たい。いいんだよ、イッ

て……そうら」

つづけざまに奥まで打ち据《す》えたとき、

「……ぁあああ、イキそう。イクよ」

仁美が顔をこちらにねじ曲げて、言う。

「いいんだ。イッて……イキなさい、仁美ちゃん！」

大輔が力を振り絞って叩き込んだとき、

「イク、イク、イッちゃう……いやぁああああぁぁぁ……はうっ」

仁美は大きくのけぞり、がくん、がくんと躍りあがる。

そして、オルガスムスの波が通りすぎると、お湯のなかにへなへなっと崩れ落ちていった。

4

貸切風呂を出て、二人は大輔の部屋に行った。

そして今、大輔は部屋の布団で、仁美に腕枕をしている。

浴衣《ゆかた》を着た仁美は、大輔の二の腕に頭を乗せて、横臥《おうが》し、大輔の胸板を撫でている。

そんな仁美を愛《いと》おしく感じてしまうのは、やはり、自分が兄貴的存在だったからだろうか――。

仁美は四十一歳の、旅館を背負って立つ若女将だが、大輔の前ではかわいい年下の女の子になってしまう。

「大輔さん、明日はもう東京に帰るんですか？」

仁美が浴衣の衿元《えりもと》から手を忍ばせて、胸板をなぞりながら言う。

「ああ、明後日からは会社がある」

「残念だわ。もう一晩くらい泊まっていかれたら、いいのに」

「……人気の宿だって、聞いている。空いてる部屋なんてないだろ？」

「平気ですよ。何とかします」

「また何かの機会に、泊まらせてもらうよ」

仁美は上体を立てて、大輔の浴衣の腰紐を外して、浴衣を脱がせた。

ブリーフは穿《は》いていないので、勃起しかけている肉柱があらわになる。ちらりとそれを見た仁美が薄く微笑み、自ら平帯を解き、浴衣を肩からすべり落とした。

こぼれでた乳房はたわわだが、先端がいやらしく尖《とが》っていて、赤くぬめ光っている。

見とれていると、仁美は唇にキスをしてきた。

キスを浴びせてから、大輔の髪をかきあげ、じっと上から慈《いつく》しむように見つめてくる。その表情で、仁美が大輔をどう思っているかがわかった。

「好きだよ、仁美ちゃん」

言葉に出すと、仁美ははにかんだ。

「いいんです。心にもないことを言わなくても……」

「そうじゃないよ。キスをしよう」
大輔が言うと、仁美はにこっとして唇を重ねてきた。徐々に激しいキスにな
り、どちらからともなく舌をからめ、吸いあう。
仁美は同時に右足の内側で、大輔の下腹部のイチモツを擦《こす》ってくる。
半勃起していた分身が刺激を受けて、ギンとしてきた。すると、それを感じた
のか、仁美は右手を伸ばして、いきりたちをつかんだ。
強弱をつけて、握り込んでくる。そうしながら、ねっとりと舌をからめ、息を
荒らげ、胸を喘がせる。
キスがおりていって、乳首に達した。
チュッ、チュッとついばむようなキスをして、舐めてくる。つるっ、つるっと
突起を上下になぞり、横に弾《はじ》く。
「ああ、くっ……！」
ぞわぞわした快感に思わず喘ぐと、仁美は乳首を舐め転がしながら、下腹部の
イチモツを握りしごく。
「気持ちいいよ。上手だね。とても二年ぶりのセックスとは思えない」
「……それは、相手が大ちゃんだからよ。わたし、一生懸命なの。大ちゃんに恩

返ししたいから」

「ああ、ゴメン。へんなことを言ってしまったね……」

「いいの。大ちゃんとこうしているだけで、幸せなの」

仁美はそう言って、顔をおろしていった。

下腹部の肉棹をしゃぶろうとするので、大輔は提案した。

「いつもされているだけでは申し訳ない。シックスナインをしよう」

「……恥《は》ずかしいわ。大ちゃんにあそこを見られるのは」

「さっき、もう後ろからしたときに見ているよ。大丈夫。きれいだよ……頼むよ」

「しょうがないな」

仁美は仰臥《ぎょうが》した大輔をまたぎ、下腹部に顔を寄せる。

大輔の目の前には、仁美の充実したヒップがせまり、尻たぶの切れ目の下には翳《かげ》りとともに女の花園がわずかに口を開いていた。

「ああ、恥ずかしい……」

仁美は、羞恥《しゅうち》を振り払うにはこうするしかないという様子で、いきりたちを頬張った。

上から唇をかぶせ、途中から頭部にかけて、唇を巻きくるめるようにして、ゆったりと唇をすべらせる。

うねりあがる快感をこらえて、大輔は頭の下に枕を置き、顔の位置を高くして、尻たぶの底にしゃぶりついた。

舐めやすいように尻たぶを開いて、ひろがった陰唇《いんしん》の狭間《はざま》に舌を走らせる。鮮紅色にぬめる粘膜を舐めあげると、わずかに性臭があり、

「んんんんっ……！」

仁美は頬張ったまま、くぐもった声を洩らす。

つづけて狭間を上下になぞると、仁美は咥《くわ》えていられなくなったのか、肉棹を吐き出して、

「ぁああ、いいの……大ちゃん、気持ちいい……」

心から感じているという声をあげて、イチモツをぎゅっと握った。

大輔は自分を愛してくれている仁美に、もっともっと感じてほしかった。女の悦びを享受《きようじゆ》できなかった一年間の空白を、大輔のセックスで埋めてやりたかった。

丁寧に狭間の粘膜を舐め、肉びらの外側のつるっとした箇所にも舌を走らせて

いく。

ここには、多くの神経が走っていて、とても感じやすいところだと聞いたことがある。

陰唇の外側を舐めていると、徐々に仁美の気配が変わってきた。

「ぁああ、あああぁ……」

焦れったそうに腰をくねらせる。それから、うねりあがる快感をぶつけるように、勃《ぼっ》起を頬張ってきた。

「んんん、んっ、んっ、んっ……」

いきりたつ肉柱に激しく唇をすべらせ、しごいてくる。

大輔は笹舟形の下についている突起へと攻撃目標を移した。いっぱいに出した舌でなぞりあげ、横に撥ねる。

「んんっ、んんんんっ……」

腰が揺れはじめた。

さっきまで顔を上下動させていたのに、それもできなくなって、ただ咥えるだけになった。

もっと感じさせたくなって、肉芽《にくが》の包皮を剝《む》いた。こぼれでてきた珊瑚色《さんごいろ》の肉真珠を舌先で撥ねる。

ちろちろっと横に振り、縦に撥ねあげる。

それをつづけていくと、大量の蜜があふれ、狭間が妖しくぬめり、ついには肉棹を吐き出して、

「ぁあああ、ゴメンなさい。もう咥えていられない……ぁあああ、あああうぅ」

仁美はその思いをぶつけるように、肉棹を握って、激しくしごいた。

「いいよ。上になって入れてほしい」

言うと、仁美はゆっくりと立ちあがり、向かい合う形で腰をおろした。

すでに髪は解かれていて、長いストレートの黒髪が肩や胸にひろがっている。

仁美は下を向いて蹲踞《そんきょ》の姿勢で、いきりたつものを導き、翳りの底に擦りつけた。

「ぁああ、あああうぅぅ、これだけで気持ちいい」

そう喘いでいたが、やがて、沈み込んできた。

猛《たけ》りたつものが熱く蕩けた肉路をこじ開けていって、

「はうぅぅ……！」

仁美は上体をまっすぐに立てて、がくん、がくんと震えている。

それから、ゆっくりと腰を振りはじめた。

立てた両膝を開き、後ろに手を突き、そうしないといられないといった様子で腰を前に振りあげ、後ろに引く。

「ああ、ぁあああ、気持ちいいの。大ちゃん、わたし、気持ちいいの。ぁああ、あうぅぅぅ」

仁美は徐々に腰を大きく振った。

大輔には自分のイチモツが濃い翳りの底をうがつさまが、よく見えた。腰を振るたびに、膣口に蜜まみれの肉棹が出入りして、ぐちゅぐちゅと淫靡《いんび》な音を立てる。

あの仁美ちゃんが、こんなに足を開いて、欲望そのままに腰を振り立てる。記憶のなかの彼女とのギャップが、大輔をかきたてる。

大輔は腹筋運動の要領で上体を起こし、目の前の乳房にしゃぶりついた。たわわな乳房の頂《いただき》に吸いつくと、

「ぁあああ、いい……！」

仁美はぎゅっとしがみついてくる。同時に、膣がびくびくっと硬直を締めつけてくる。

カチカチになっている乳首を吸い、舐め転がすと、

「ぁあぁ、大ちゃん、気持ちいい……気持ちいいの」

仁美は乳首を吸われながらも、腰をぐいぐい振って、イチモツに膣肉を擦りつけてくる。

「仁美ちゃん、小さい頃はあんなにかわいかったのに、随分とエッチになったね」

乳首に口を接しながら言うと、

「もう……そういうことを言うなら、やめますからね」

仁美が頬をふくらませた。

「ゴメン……でも、エッチなほうがいいよ。俺はエッチな女が好きだな」

「ふふっ、言い訳してる」

「そうじゃないさ」

大輔は仁美の背中に手をまわして、慎重に後ろに倒していく。

仰向《あおむ》けに寝かせて、足が下に入っている状態で、打ち込むと、

「あんっ、あんっ……ぁあぁ、いいのよ……」

仁美が喉元をさらした。

もっと深く打ち込みたくなって、大輔は膝を抜き、上体を立てた。

膝をすくいあげて、ぐいと押さえつけ、体重を前にかけて打ち据えていく。

すると、ぐっと深度が増して、自分のイチモツが膣の奥まで届いていることがわかり、

「ぁあああ、すごい……奥に来てる……はうぅぅ」

仁美は声が洩れるのを恐れたのだろう、右手の甲を口に添えて、

「んっ、んっ、んっ……」

と、喘ぎ声を押し殺した。

「気持ちいいか？」

「はい……すごくいい……どうしてこんなにいいの。大ちゃんだから？」

「そうだよ。班長だから、気持ちいいんだよ」

「そうね、きっとそうね……班長の大ちゃんだから、こんなに気持ちいいんだわ」

「仁美ちゃん……！」

うれしくなって、大輔は膝を放し、覆《おお》いかぶさっていく。

肩口から手をまわして、抱き寄せておいて、ぐい、ぐいっと打ち据えた。

仁美は足を大きくM字開脚して、屹立を奥へと招き入れて、

「あんっ……あんっ……あんっ」

喘ぎ声をスタッカートさせて、ぎゅうとしがみついてくる。

（こんなにいいセックスをしたのは、いつ以来だろう？）

やはり、セックスには心が必要なのだ。相手を愛おしく思わないと、たんなる物理的な行為に堕《だ》してしまう。

（彰子……！）

谷口彰子の顔が脳裏をよぎった。やはり、自分は彰子が好きだ。

だが、今は、自分を愛してくれる仁美を大切にしたい。この瞬間は、仁美を幸せにしたい。

夫を亡くして、最初の男に大輔を選んでくれた仁美を、もっと感じさせて、至福に導きたい。

大輔は唇を重ねる。舌をからませながら、ゆっくりと腰をつかう。

いきりたったものが、仁美の熱く滾《たぎ》った肉路を擦っていき、その摩擦が甘く濃厚な快感へと育っていく。

大輔は唇を離して、乳房へとすべらせていく。

形のいいふくらみの頂上を円を描くように舐めた。乳輪から乳首自体へと舌を走らせ、硬くせりだしている突起を唇で甘嚙みし、弾く。

上下左右に弾きながら、かるくジャブを浴びせると、

「あっ、あっ、あっ……」

仁美は両手でシーツをつかみ、顔をのけぞらせる。

大輔は乳房から脇腹へ、さらに腋《わき》の下へと舌を這《は》わせる。わずかに汗の芳香《ほうこう》を放つ腋窩《えきか》から、二の腕へと舐めあげていく。

舐めあげながら、同時に、腰をつかって屹立を打ち込む。

また、乳房から腋の下へと舌を走らせ、そのまま二の腕へと舌を走らせる。そうしながら、ぐいっと深いところに打ち込んだ。

「ぁああ、初めてよ。こんなの初めて……ぁああ、ぞくぞくする。大ちゃん、わたし、気持ちいい。気持ちいい……ぁあぅぅ」

仁美が仄白《ほのじろ》い喉元をさらして、心から感じているという喘ぎを放つ。

大輔も高まった。

右手で乳房を揉みしだいた。汗ばんできた豊かなふくらみを揉みあげ、乳首を指で捏ねる。

そうしながら、徐々にストロークのピッチをあげていく。

「ぁあああ、あうぅぅ……大ちゃん、イキそう……わたし、イキそう」

仁美が訴えてくる。

「いいよ。イッていいよ。そうら……」

大輔は腕立て伏せの形で、腰をえぐり込む。

まったりとした膣《の》の粘膜がざわめきながら、からみついてくる。

そこを押し退けるように打ち込んでいくと、甘い陶酔感《とうすいかん》が急激にふくれあがってきた。

「ぁああ、イキそう……イクわ」

仁美がぎゅっとしがみついてくる。

「いいよ、イッていいよ。俺も、出すぞ」

「ああ、ちょうだい。大ちゃん、ちょうだい。一緒に、一緒にイキたい」

仁美が耳元で訴えてきた。

「よし、イクぞ。出すぞ……そうら」

大輔がつづけざまに擦りあげたとき、

「イク、イク、イッちゃう……うあああぁぁ……」

仁美が獣染《けものじ》みた声を放って、大きくのけぞった。止《とど》めとばかりに打ち込んだとき、大輔も至福に包まれた。

5

朝方、二人は貸切風呂『由布』に来ていた。

外湯につかって、由布岳を眺めている。

山の端が白々としてきて、そろそろ朝陽が昇る時間だ。

仁美は大輔の隣にぴったりと寄り添って座り、二人は同じ方向を見ている。

あれから、一睡もせずに、お互いの身体を貪《むさぼ》りあった。

仁美は夫が亡くなってからの心身の孤独感を埋めるように、大輔の下で幾度となく昇りつめた。

そのまま明け方を迎えて、二人は朝陽の見える露天風呂で一夜の享楽《きようらく》の余韻《よいん》を味わっている。

「ありがとう。大ちゃんのお蔭で、自分がまだ女であることを自覚できたわ」

「そうか……俺だって同じだよ」

「でも、つきあっている女性、いるんでしょ？」

「どうしてそう思うの？」

「昨日、ある人から、今、大ちゃんは谷口彰子さんとつきあっているらしいって、聞いたの」

「……誰に聞いた？」

「さて、誰でしょうか……同じ高校の人よ。彰子さん、旦那さんが亡くなって、東京で働いているという噂は聞いていたの。N高校の同窓会の有志が『湯けむりの会』を開いていて、そこに大ちゃんと彰子さんは時々二人で来ていたって。すごく親しそうだったから、絶対につきあっているって、言っていたわ。わたしも、大ちゃんが高校生の頃、彰子さんのことが好きだったのはわかっていたから……。つきあっていたんでしょ？　大丈夫よ、他人には言わないから。別れた人って、彰子さんのことじゃないの？」

「仁美ちゃんはそれをわかっていて、俺に？」

「……しょうがないじゃないの。大ちゃんが好きなんだから……で、話は戻るけど、彰子さんとつきあっていたんでしょ？」

シラを切ろうかとも思った。しかし、これだけ自分を思ってくれている仁美に、ウソはつけないと感じた。

「そうだよ。つきあっていた……」

「同窓会で再会したのね？」

「ああ……彼女は死んだ省吾を忘れたいんだと言っていた。俺も妻を亡くしているしね」

「ちょうどいいじゃない。で、別れたの？」

「ああ、まだはっきりとは……」

「どうして？」

「彼女がイクときに、省吾の名前を呼んだんだ。それで……」

「そんなことで？」

「ああ、いくらつきあっても、彰子は省吾を忘れることはできないんだなと……俺は亡くなった夫を忘れてほしかった。だから……」

「バカ！　大ちゃん、大バカよ。何をしても、女の人は心底惚れていた男を頭から追い出すことはできないのよ。わたしが、大ちゃんを忘れられないのと同じ。それでいいんじゃないの？　追い出そうとすること自体が間違っているの。いいじゃないのよ、亡夫を忘れずに引きずっている女を、ありのままの彰子さんを愛せば。それができないなら、所詮《しょせん》、心の狭い、キンタマの小さい男だってことよ。大ちゃん、ここ、大きいのに」

仁美はお湯のなかの、大輔のフグリをそっとつかんだ。

「ほら、キンタマはこんなに大きいじゃないの。大ちゃんなら、できるよ。それに、大ちゃんだって、わたしとこうして浮気しているじゃないの。自分で浮気をしておきながら、彰子さんが男の名前を呼んだから許せないのって、おかしくない？」

「……まあ、そうなんだけど」

「大ちゃんにもわかってるんでしょ、自分がいかに大人げないことをしているかって……そろそろ、ちゃんとしないと、彰子さん、ほんとうにいなくなっちゃうわよ」

仁美が睾丸を揉みながら言う。

「……わかった。考えてみる。だけど、仁美ちゃんはいいのか？」

「いいわよ。わたしは決めていたのよ。大ちゃんとは一晩《ひとばん》限りだって」

「そうなのか？」

「ええ……だって、わたしは湯布院の旅館の若女将で、大ちゃんは東京の会社の課長さん。一緒になれるわけがないじゃないの。だから、昨日の夜はもういいっていうまでしたかったの。今だって……ほら、大ちゃんのここだって……ほんとうにエッチなんだから」

仁美は婉然と微笑んで、お湯のなかでイチモツを握ってきた。

自分でも、こんなシビアなことをはっきり言われて、いまだに勃起しているのが信じられなかった。

「大ちゃん、そこに座って」

言われて、御影石の縁に腰をおろすと、分身がぐぐっと頭を擡げてきた。

仁美が前にしゃがみ、それに顔を寄せて、頬張ってくる。

柔らかな唇が本体をすべって、よく動く舌で裏側を擦られると、分身は完全にいきりたった。

(信じられない。またギンとしてきた)

仁美にずばりと指摘されて、大輔自身も迷いが吹っ切れたのかもしれない。

(そうなんだ。もう一度、彰子とやり直そう)

気持ちがすっきりしてきた。

仁美はいきりたちを握って、ゆったりとしごく。しごきながら、先端に唇をかぶせて、唇を引っかけるようにして小刻みに往復されると、甘い陶酔感がひろがってくる。

（ああ、気持ちいい……！）

大輔はうっとりと目を細めた。

露天風呂だから、ほぼ正面に由布岳が見える。

二つの耳を持つ富士山のような形の由布岳が穏やかな姿を見せ、山際が明るくなって、朝陽が昇りかけている。

その荘厳《そうごん》な景色を眺めながら、フェラチオされると、これこそ天国ではないかといった気持ちになる。

「んっ、んっ、んっ……」

仁美がくぐもった声とともにリズミカルにしごいてくる。指でしごくのと同じリズムで亀頭冠《きとうかん》を唇で摩擦されると、桃源郷《とうげんきょう》にいるかのような快感が押しあがってきた。

完全勃起したのを感じたのだろう、仁美はちゅるっと吐き出して、上気した顔をあげ、

「ねえ、ちょうだい。ほんとうに、これが最後……」

大輔を見て言う。

「わかった。ありがとう。きみのお蔭で決心がついた。俺の感謝の気持ちだ……どうせなら、由布岳の日の出を見ながらしよう」

「はい、うれしい」

仁美は由布岳のほうを見る形で、湯船の縁に手を突いて、腰を突き出してきた。

お湯でコーティングされた艶《つや》のある裸身が、見事な光沢を放っている。

大輔は鋭角にそそりたつものを尻たぶに沿っておろしていき、沼地に押し当てた。

亀頭部でなぞりながら、膣口に押し込んでいく。

わずかな抵抗感を残して、イチモツがぬるりと嵌まり込んでいって、

「はうぅぅ……！」

仁美が顔をのけぞらせた。

お湯のしたたる細腰をつかみ寄せて、大輔はゆっくりと腰を振る。

熱く滾った粘膜がねっとりとからみついてきて、ひと擦りするたびに、快感が生まれる。

そして、切っ先が奥に届くごとに、

「あんっ……あっ……あんっ……」

仁美は抑えた声を放ち、背中をしならせる。

そのとき、山の端からオレンジ色の朝陽が顔を出した。

赤やオレンジ色が雲に反射して、絵画のように幻想的だ。

「きれい……朝陽を見ながら、イキたい」

仁美が言って、大輔はその願いを叶えようと、いきりたつものを力強く叩きつけた。

第六章　昇華するジェラシー

1

お盆休みに、青木大輔は再び大分に帰郷していた。

谷口彰子も帰郷するというので、それならば故郷で逢おうと、大輔は別府《べっぷ》のホテルを押さえた。

山に登っていくつづら折りの坂道の途中に建っていて、以前から一度泊まりたいと思っていたリゾートホテルだ。

大輔は先にチェックインして、部屋で彰子の到着を待った。

部屋のバルコニーには部屋付き露天風呂があって、無数の湯けむりが立ちのぼる別府の街を一望することもできた。

温泉が好きで様々なところを巡ったが、これほど湯量が多く、いくつもの源泉を持つところはなかった。

我が故郷で自慢できるものとしたら、やはりこの湯の街だろう。

妻の存命中は、二人でよく別府の街に来て、温泉巡りをした。しかし、その妻はとっくに亡くなっている。そして、今大輔の心を占めているのは、谷口彰子だった。

（この景色を、彰子と一緒に見たい……）

彰子をこのホテルに招いたのは、仲直りをするためだ。

情交の最中に、彰子が亡夫である省吾の名前を口にした。

そのことで、大輔は傷つき、また、自分はいくら努力をしても、省吾には勝てないのか、と落ち込んだ。

その後、佐藤百合子を抱いた。百合子との情事は素晴らしいものだった。しかし、しばらくして、百合子は夫の帰国とともに逢ってくれなくなった。

そして、中学の同窓会で稲守仁美と再会して、身体を合わせたが、その後で彼女から、彰子とやり直したほうがいいと諭《さと》された。

もっともだと思った。いくらセックスに興じても、心がともなわないと幸福にはなれない。そして、自分は彰子を愛していることを再確認した。だから、彰子との関係を修復したかった。

景色を眺めていると、ドアをノックする音がした。大輔が急いでドアを開けると、ワンピース姿の彰子が立っていた。

長い黒髪が肩に散り、ノースリーブのAラインのワンピースが彰子の優美さを強調している。

彰子を迎え入れ、二人でバルコニーに出て、眼下にひろがる別府の街並みと立ちのぼる湯けむりを眺めた。

「悪かった。いろいろとあったけど、きみと仲直りしたい」

大輔は背後から彰子を抱きしめる。

「無理よ」

「どうして?」

「わたしはきっと、省吾さんのことを一生忘れることはない。何があっても覚えていると思うの。だから……」

大輔は有無を言わせず、彰子を正面から抱いて、唇を合わせた。彰子が突き放して言った。

「い、いやっ……わたしは別れを告げにきたの」

「別れたくないんだ。俺が間違っていた。きみは省吾を忘れる必要は

「えっ……？」

「いいんだ。俺は省吾を未だに慕うお前自体を愛している。だから、忘れなくていい。くだらない嫉妬《しっと》できみを悩ませてしまった。でも、考え方を変えた。俺は省吾を忘れられない彰子が好きなんだ」

思いを伝えて、大輔はふたたびキスをする。唇を重ねながら、ワンピースの張りつく肢体を撫《な》でさする。

彰子の身体から力が抜けていくのを感じて、ワンピース越しに下腹部の底に右手を差し込んだ。ぐいとつかむと、

「んんんっ……！」

彰子はキスをしたまま、ぎゅっと眉根《まゆね》を寄せた。

「いやっ……決めたの。大輔さんと別れると……あなたがそうさせたのよ」

彰子が突き放してくる。

「あれは謝る。もう一度やり直したい」

大輔はまた唇を奪い、ワンピースの裾《すそ》をたくしあげて、じかに右手を奥に差し込んだ。

パンティの感触があって、基底部をさすっているうちに、明らかにそれとわか

るほどに湿ってきた。

「ぁああ、許して……お願い……」

「許さない」

バルコニーに置いてあったデッキチェアに彰子を座らせて、ワンピースをまくりあげ、片足を肘掛《ひじか》けに乗せた。

「やっ……！」

膝を閉じようとする彰子の足をつかんで開かせる。

藤色のパンティが三角に下半身を覆《おお》い、その基底部には小さなシミが浮かびあがっていた。

隠そうとして伸びてくる手をどけて、しゃぶりついた。端が食い込んだパンティは、中央に向かうにつれて、ぷっくりとふくらんでいる。

「あっ、くうぅぅ……い、いやっ……はあぁぁぁ」

彰子が顔をのけぞらせ、内股になる。大輔は太腿《ふともも》の圧迫を感じながら、パンティ越しに基底部を舐《な》めた。

執拗《しつよう》に舌を走らせるうちに、太腿から力が抜けていき、じりっ、じりっと腰が揺れはじめた。

大輔は指をつかって、濡れたパンティの中心をなぞる。柔らかく沈み込
ろに指を往復させる。そうしながら、内腿を舐めた。

「んんんっ、んんんっ……ぁああぅぅぅ」

彰子が下腹部をぐっとせりあげる。

大輔はパンティを脱がして、じかに媚肉《びにく》にしゃぶりついた。馥郁《ふくいく》たる香りを吸い込み、狭間《はざま》に舌を走らせる。

「ぁああ、恥《は》ずかしいわ……ここじゃあ、いや……見られる」

彰子が言う。

「わかった。でも、もう少しだけここでしよう」

大輔は翳《かげ》りの底に顔を埋め、粘膜に舌を走らせる。狭間を舐めながら、クリトリスを指で捏《こ》ねた。

「ぁああ、あああ……もう、ダメっ……お願い、なかで……」

彰子が訴えてくる。かまわず愛撫をつづけた。

しとどに濡れた膣口《ちつぐち》に中指を差し込んだ。かるく往復させ、上側を指で叩く。どろどろになった粘膜を擦《こす》りながら、クリトリスを舐めしゃぶる。

舌先で肉芽《にくが》を転がし、中指で抜き差しをする。それをつづけていると、彰子の

様子が逼迫《ひっぱく》してきた。

「ああ、はうぅぅ……」

洩《も》れてしまう喘《あえ》ぎを、手のひらで抑え込む。そうしながら、抜き差しをされるたびに、足の親指を外側に反らせ、内側に折り曲げる。

「ダメっ……ダメ、ダメ、ダメっ……」

彰子はさかんに首を横に振りながら、下腹部をぐっ、ぐぐっとせりあげてきた。

「いいんだよ。イッて」

「いやです……」

「いいんだ。イキなさい」

大輔がつづけざまに粘膜を擦りつけたとき、

「あ、くっ……！」

彰子はぐーんとのけぞり、がくん、がくんと躍りあがった。

2

ホテルのベッドで、大輔は一糸《いっし》まとわぬ姿の彰子を愛撫していた。

こうして、彰子の身体をじっくりと味わうのは、何カ月ぶりだろう。彰子の身体は、記憶のなかにあるそれよりもはるかに肉感的で、乳房もヒップもまるでこうされるのを待っていたかのようだった。どこもたわわに張りつめ、乳首はせりだしている。

大輔は両手をあげさせて、あらわになった腋窩《えきか》にキスをして、舐める。そのまま、舐めあげていき、二の腕の内側に舌を走らせると、

「ぁあああ……！」

彰子はのけぞって、愛撫に応える。

さっきは、別れを切り出すためにここに来たと言っていた。しかし、バルコニーで昇りつめてからは、従順でやさしい彰子に戻った。

大輔はそのまま舐めあげていき、指に舌を届かせる。

指と指の間に舌を押し込んでなぞると、

「ぁああうぅぅ……！」

きめ細かい肌が粟立《あわだ》った。

「気持ちいいんだね？」

「ええ……悔しいわ」

彰子がぎゅっと唇を噛《か》む。

大輔はあらかじめ考えていたことをはじめる。

「省吾はこういうことをしてくれたか？」

訊《き》くと、彰子がハッとしたようにこわばるのがわかった。

「……どうして、そんなことを訊くの？」

「彰子は省吾を一生忘れることはないと言った。だから、セックスでもあいつがどのようにしていたのか、訊きたいんだ」

「本気で言っているの？　わたしはセックスの間は省吾を忘れたい。あなたのことだけで、頭も身体もいっぱいにしたい」

「だけど、きみは省吾の名前を呼んだ。教えてほしい。省吾とはどんなセックスをしていたんだ。腋を舐められたりもしたのかい。頼む、教えてくれ」

「ほんとうにいいの？　一度聞いてしまえば、もう記憶から消えないのよ」

「いいんだ。俺が……嫉妬するように仕向けてくれ」

「……わかったわ。省吾はとても繊細《せんさい》で、やさしいセックスをした。でも、すごくいやらしかった。腋の下も舐めた。足も丁寧《ていねい》に舐めてくれた。わたしの身体のすべてを慈《いつく》しむように愛してくれた」

「そうか……そんな気がした。あれは……ここは大きかったか？」

大輔は彰子の手をつかんで、勃起《ぼっき》に導いた。すると、彰子はおずおずと握って、ゆっくりとしごいた。

「わからないわ。意外とわからないものよ」

「気をつかってくれているのか。いいよ、はっきり言って」

「……同じくらいよ、たぶん」

「硬かったか？」

「硬かったわ」

「時間はどうだった。どのくらい、もった？」

「長かったわ」

「そうか……その間に、何度もイッたんだな」

「そうよ。何度もイカされたわ」

「……ウソだ。ウソだって言えよ！」

大輔は自分でも訳のわからないままに、怒鳴っていた。

彰子が省吾にイカされている光景が浮かび、それを振り払おうとして、立ちあがった。

「しゃぶれよ！」

彰子の髪をつかんで、前に座らせた。

すると、彰子はじっと真剣に見あげながら、顔を寄せてきた。

彰子は勃起にいきなり唇をかぶせて、根元まですべらせた。それから、ゆっくりと引きあげていき、大輔を見あげてくる。

長い黒髪をかきあげて、アーモンド形の目でじっと見つめながら、亀頭冠《きとうかん》の真裏をちろちろと刺激してくる。

それから、ゆっくりと頰張《ほおば》って、顔を振り、吐き出して、

「いつもより、硬いわ。それに、大きい……省吾に嫉妬しているのね？」

彰子が見あげてくる。

「ああ、怒ってるよ。サディスティックな気持ちになってる」

大輔はそう言って、イラマチオする。

猛《たけ》りたつもので、彰子の厚めの唇を割り、後頭部をつかみ寄せる。

そのまま腰をつかうと、ずりゅっ、ずりゅっと勃起が口腔《こうこう》を犯し、彰子は顔をしかめながらも耐えている。

「省吾はこうしたか？」

　彰子は首を横に振る。

「ただやさしいだけのセックスだったんだな。きみはどちらかというとマゾだ。俺はきみを自分の色に染めていく。前は遠慮があった。だから、きみを自分好みの女に変えられなかった。これからは違う。いいんだな？」

　訊くと、彰子は肉棹《にくざお》を頬張ったまま、目でうなずいた。

「フェラしながら、胸を揉んで……そう。右手は股間に。オマ×コと胸をいじりながら、おしゃぶりしなさい」

　指示を出した。

　省吾との過去の記憶を掘り起こすことで、二人のセックスはいっそう激しいものになるのではないか——。

　嫉妬は起爆剤でもある。

　後頭部をつかみ寄せて、ぐいぐいえぐり込んでいく。すると、切っ先が喉《のど》を突いて、彰子はえずきながら、後ろに飛び退《の》いた。

　ぐふっ、ぐふっと噎《む》せる。

　彰子が可哀相で、不憫《ふびん》で、とても愛《いと》おしく感じた。途端に分身に力が漲《みなぎ》ってくる。

自分は仰向《あおむ》けに寝て、シックスナインの形で彰子に上になってもらう。すると、彰子はためらうことなく下腹部の勃起に唇をかぶせ、ゆったりと顔を打ち振る。そうしながら、根元を握りしごいてくれる。

(やっぱり彰子はマゾなんだ)

大輔は目の前にせまる尻たぶをつかんで、ぐいとひろげる。

「んっ……!」

彰子が尻たぶを引き締める。

大輔はそこを開いて、ふっくらとした肉びらを舐めた。左右の肉びらに舌を走らせると、花びらが開いて、なかの鮮紅色が顔をのぞかせた。

妖《あや》しく光る粘膜に舌を突っ込んで、なぞる。

「んんんっ……んんんっ」

肉棹を頬張ったまま、彰子はくぐもった声を洩らし、尻をくねらせる。

「当然、省吾とはシックスナインをしたんだろうな?」

問うと、彰子が強い口調で言った。

「もう、省吾さんはいいの。忘れたいの。これ以上彼のことは言わないで」

大輔は無言で下のほうにある肉の突起を舐めしゃぶり、吸った。クリトリスを

チューッと吸引すると、

「ぁあああ……許して」

彰子は肉棹を吐き出して、背中をのけぞらせた。

大輔はシックスナインの形で、彰子の花園を一心不乱になって舐める。

クリトリスを吸引して、吐き出し、また吸う。それを繰り返しながら、人差し指を膣口に押し込んだ。

抜き差しをすると、白濁した蜜がとろっとあふれ、

「んんっ、んんんっ……」

彰子は一途《いちず》に屹立《きつりつ》を頬張っていたが、やがて、こらえきれなくなったのか、吐き出して、訴えてきた。

「ぁああ、あうぅぅ……もう欲しい！」

「何が？」

「……これよ。大輔さんのこれよ」

彰子が勃起を握りしごく。

「今、彰子が握っているものは、何だ？」

「……大輔さんのあれよ」

「あれではわからない」

「おチンチン……」

「つづけて」

「大輔さんのおチンチンよ。ぁああ、いじめないで。ずっと待っていたのよ。これが欲しかった。あなたがしてくれなくなってから、ずっと……」

「そうか……俺が悪かった。その分の罪滅ぼしをさせてくれ。まずは、きみが上になってくれないか？」

彰子はうなずいて、その姿勢のまま、大輔の下半身まで移動していき、猛りたつものを導いた。

切っ先を沼地に擦りつけてから、慎重に沈み込んでくる。亀頭部《きとうぶ》がとても窮屈なところを押し広げていって、

「はうぅぅ……！」

彰子は上体を斜めにして、顔をのけぞらせた。

（ああ、これが彰子のオマ×コだった！）

何もしていないのに、粘膜がからみついてきて、肉棹をくいっ、くいっと内側に手繰《たぐ》り寄せようとする。

「あっ、くっ……」

思わず奥歯を食いしばる。すると、彰子はゆっくりと腰を前後に揺すりはじめた。

腰を振りながら、膣を締めているのだろう、きゅっ、きゅっと尻たぶが締まって、その状態で前後に揺すられると、分身がうれしい悲鳴をあげる。

「ああ、彰子、気持ちいい。たまらないよ」

思いを伝えると、彰子はやや前傾して、腰を縦につかう。スクワットでもするように上げ下げされると、快感がぐっと増す。

大輔はさがってくる腰に向けて、屹立を突きあげた。それをつづけていると、

「あ、くっ……」

彰子が震えながら、前に突っ伏していく。

気を遣《や》ったのだろうか、しばらく肩で息をしていたが、もっとできるとばかりに、向こう脛《ずね》を舐めはじめた。

なめらかな舌がぬるるっと脛をすべると、ぞわっとした快感が走り抜けていく。

「ああ、気持ちいいよ」

思わず言うと、彰子は胸を擦りつけてくる。たわわで柔らかな乳房を足に押しつけるようにして、全身を前後に往復させる。

脛を舐められ、豊かな乳房を擦りつけられて、大輔は舞いあがった。

しかも、雄大なヒップの底に自分の肉柱が嵌《は》まり込み、出たり入ったりしている様子がはっきりと見える。

結合部の上には、セピア色のアヌスがほぼ丸見えになっていた。

「ぁああ、あああうぅぅ」

彰子が艶《なま》めかしい声を洩らしながら、尻を突き出してくる。

アヌスが誘うようにうごめいた。それを見た瞬間、大輔は考えていたことを実行に移した。

3

大輔はこういうこともあろうかと用意しておいた、チューブ入りのローションと指サックを手にする。

右手の人差し指に指サックを嵌め、チューブを尻たぶの狭間に寄せて、絞りだした。とろっとしたローションをアヌスになすりつけると、

「あっ……何をしているの？」

彰子が後ろを向く。

「きみの身体を自分の色に染めたい。きみはアナルバージンだ。だから、それを奪いたい。だけど一気にはしない、可哀相だから。今日は拡張だけにとどめておく……大丈夫。痛くはしない。もし痛かったら、言ってほしい」

大輔はローションをアヌスに塗り込める。周囲のローションを中心に集めるようにして、窄《すぼ》まりを円を描くようになぞると、柔らかな窄まりの皺《しわ》がきゅんと締まって、

「ああ、怖いわ……」

「怖くない。人差し指はこんなに細い。息《いき》まないで、力を抜いていれば、簡単に入ってしまう。はい、深呼吸して。そう。吸って……吐いて」

彰子が指示を守って、深呼吸すると、アヌスも窄まったり、ひろがったりする。だが、息をしているから、柔らかい。

息を吐くときに少しひろがる。人差し指に力を込めると、先っぽが入り込む感触があって、そこでさらに指先を押し込んだ。

彰子が息を吸ったので、全体が窄まって、指が奥へと吸い込まれる。

気づいたときは、人差し指が第二関節まで姿を消していた。

「入ったよ。大丈夫？」

「ううっ、怖い！」

「でも、痛くはないだろ？」

「はい……」

「俺が動かすと、多少痛いと思う。彰子が自分で腰を振ってほしい。加減できるから、きっと大丈夫だと思う」

「怖いわ」

「大丈夫」

彰子がゆっくりと慎重に腰を振りはじめた。

全身をおずおずと前後に動かすのだが、その際、向こう脛を舐めてくれる。たわわな乳房も、太腿に擦りつけられる。

そして、大輔の人差し指を彰子のアヌスが包み込む。

おそらく肛門括約筋《こうもんかつやくきん》だろう、表面に近い部分は筋肉質だ。しかし、その数センチ向こうでは粘膜の潤《うるお》いと内臓の柔らかさが感じられる。

腰を慎重に前後に揺すっていた彰子が、声を洩らしはじめた。

「ぁあぁ、はうぅ……」

「気持ちいいんだね？」

「はい……ウソみたい。どうしてこんなに気持ち良くなるの……ぞくぞくする」

「やはりね。彰子は感受性が強いんだ。誇っていいよ……少しだけ動かしてみるね」

かるく抜き差しすると、

「ぁああ、いい……でも、出ちゃいそう……怖いわ」

「気のせいだよ。出ないから、大丈夫。いくよ」

人差し指を根元まで押し込んで、奥のほうの熱い粘膜を擦ると、

「ぁあああぁ……」

彰子は自分から腰を後ろに突き出してくる。

アヌスだけではなく、膣も勃起で擦れているから、いっそう気持ちいいのだ。

彰子は自分から腰を振って、ペニスを膣に擦りつけ、アヌスに指を迎え入れる。

「ぁあぁ、気持ちいいの……知らなかった。こんなこと知らなかった……」

彰子は自分から腰を振って、初めて体験する快楽を貪《むさぼ》っている。

アヌスから指を抜くと、彰子は体内に迎え入れている肉棹を軸に、ゆっくりとまわって、前を向いた。

向かい合う形で、恥ずかしそうに目を伏せて、覆いかぶさってきた。

唇を重ねてきたので、大輔も舌をからめていく。二人の舌がもつれあい、たまらなくなって、大輔は腰を跳ねあげる。

勃起が斜め上方に向かって、膣を擦りあげていき、

「んんんっ、んんんっ……ぁあああ、気持ちいい」

彰子が唇を離して、眉を八の字に折った。

大輔は背中と腰を抱き寄せて、さらに下からつづけざまに突きあげてやる。

「あんっ、あんっ、あんっ……ぁあうぅぅ」

彰子はふたたび唇を重ねて、舌をからめてくる。

「んんんっ、んんんんっ……ぁあああ、イキそう」

彰子はまた顔をあげて、今度は自分から腰を打ちおろしてくる。両膝を立てて開き、腰を上下に打ち振って、

「あんっ、あんっ、あんっ」

心から気持ち良さそうな声をあげながら、腰を打ちおろしてくる。

ピタン、ピタンと乾いた音が撥《は》ねて、乳房や髪も揺れる。

大輔は腰が落ちてくる瞬間に、ぐいとイチモツをせりあげる。すると、切っ先と子宮口がぶち当たって、

「はあん……！」

彰子が悲鳴をあげる。

それでも、彰子の腰は止まらずに縦に振っては、おろしたところで、ぐいん、ぐいんと旋回《せんかい》させて、膣の奥を擦りつけてくる。

大輔は両手を前に出させて、下から指を組む。そうやって支えながら、連続して突きあげる。

ぐいっ、ぐいっ、ぐいっと差し込むと、

「あっ、あんっ、ぁあああああああ……」

彰子はつづけざまに打ち込まれて、がくん、がくんと裸身を揺らせ、

「ぁああ、イッちゃう。こんなことされたら、イッちゃう……！」

「いいんだよ、イッて。そうら、イキなさい」

大輔は言葉で煽《あお》りながら、両手の指をしっかりと組んで、下から支え、徐々《じょじょ》にピッチをあげて打ち据《す》える。

「ぁああ、あああああ……もう、ダメっ……イキます。あんっ、あん、あんっ……イク、イク、イッちゃう……いやぁあああああああ！」

彰子は嬌声《きようせい》を張りあげて、大きくのけぞった。手を握ったまま、がくん、がくんと躍りあがる。それから、力なく突っ伏してきた。

ぐったりとした彰子を、大輔はやさしく撫でている。

気を遣ったはずなのに、膣はいまだ活発に波打って、今も元気な肉柱を締めつけてくる。

大輔はいったん結合を外して、彰子を仰向けに寝かせる。

彰子はオルガスムスを体験したことで身体が活性化したのか、肌も表情もつやつやしていた。

大輔を見あげる瞳は濡れたように潤《うる》んで、いまだ鋭角にそそりたっているイチモツをちらっと見て、期待感をあらわにする。

「生まれた土地できっちりイカされた気分はどう？」

「しばらく忘れていたわ。懐かしい」

「懐かしいか。省吾には何回もイカされたわけだからな……回数でも負けたくないな」

思いついて、大輔は浴衣《ゆかた》用の腰紐をつかんだ。

彰子の手を前に出させて、腰紐で両手首をひとつにくくった。

大輔は立ちあがり、彰子を前にしゃがませる。

彰子はくくられた両手でチューリップを作るように合掌《がっしょう》して、猛りたつものをつかみ、しごき、亀頭部にチュッ、チュッ、チュッとキスをする。

イチモツがまた力を漲らせると、先端に舌を這《は》わせる。ねろり、ねろりと愛情たっぷりに舌をからませ、カリまで舐めてくれる。

唇を開いて、肉柱にかぶせながら、手を離し、口だけで頰張ってきた。

「んっ、んっ、んっ……」

長い髪を揺らせて、ストロークをし、ちゅるっと吐き出して、裏筋に舌を走らせる。

彰子のフェラチオは心がこもっている。男をリスペクトし、悦《よろこ》んでもらおうという気持ちがあふれている。

「ありがとう。いいよ。そこに寝て」

彰子を仰向けに寝かせて、膝をすくいあげた。

ひとつにくくられた両手を頭上にあげて、たわわな美乳とともに腋の下まであらわにした彰子は、危うい官能美をたたえている。

密生した翳りの底に切っ先を押し当てて埋め込んでいく。亀頭部が熱く滾《たぎ》った肉路をこじ開けていき、

「ぁあぅぅぅ……」

彰子が顎《あご》をせりあげた。

「きみは最高の女だ。俺にはもったいないくらいだ。これからも一緒にいてくれるか?」

彰子は答えない。

「頼む、きみじゃないと、ダメなんだよ」

大輔は膝をつかんで開かせ、腹部に押しつけるようにして、上から屹立を差し込んでいく。

打ちおろしながら、途中からしゃくりあげる。

亀頭部が膣のGスポットを擦りあげていき、そのまま奥のポルチオに届く。

ポルチオは突いても痛いだけだ。

子宮口を丸い頭部でぐりぐりと捏ねる。接触させて、まわす。これが女性には気持ちいいのだ。

大輔は両手で両膝の裏をつかんで開かせながら、ぐいぐいと打ち込んでいく。打ちおろしながら、しゃくりあげる。

それをつづけていると、彰子の様子が逼迫してきた。

「ぁああ、ああぁ、へんなのよ。もう、イキそう」

「それはたぶん、彰子が恥ずかしい格好をしているからだ。両手を頭上でくくられて、腋の下を丸出しにしている。その上、オマ×コを串刺しにされている。彰子を相手にする男はやさしいだけではダメなんだ。意地が悪くて、いやらしさ丸出しのスケベじゃないと。その点、俺は省吾より人間的に卑《いや》しいし、さもしい。そういう男がきみをつなぎとめておくには、こうするしかないんだ」

大輔は右手で乳房をつかんだ。揉みしだき、乳首を捏ねる。そうしながら、打ち据えていく。

彰子は腋や乳房を隠そうとすれば、できる。しかし、そうはせずに、無防備にさらしている。

「ああ、彰子、出そうだ！」

「イキたいの。一緒に……」

「よし、一緒にイクぞ」

大輔は両膝の裏をつかんで、押し広げながら、渾身《こんしん》の力を振り絞った。ぐいぐいぐいっとえぐり込んだとき、

「あんっ、あんっ、あんっ……イク、イク、イッちゃう……いやぁあああ」

彰子が昇りつめ、ほぼ同時に大輔も熱い男液を放っていた。

4

大輔と彰子は、大浴場で温泉につかり、部屋食で地獄蒸しや懐石料理の夕食を摂《と》った。

「バルコニーで涼《すず》もうか？」

大輔が提案すると、彰子がうなずいた。

二人はバルコニーに出て、夜景を眺める。フェンスは下側が透明なアクリル製で、眺望が妨げられることはない。

別府の旅館の窓明かりが点在し、各旅館や泉源塔《せんげんとう》から立ちのぼる白い湯けむりが緑、橙《だいだい》、青にライトアップされていて、幻想的な夜景を作り出している。

「お盆だから、ライトアップされているのね」

隣の彰子が言って、

「そうだね。この天に届くような白い湯けむりは、冥土《めいど》とつながっているのかもしれない」

言うと、彰子が微妙な顔をした。

おそらく、黄泉《よみ》の国にいる省吾のことを想ったのだろう。

「ゴメン。そんなつもりで言ったんじゃないんだ」

「わかっているわ」

顔を挟みつけるようにして口を寄せると、彰子がキスをしてくる。キスが徐々に濃厚になり、舌がからみあった。

大輔の心と肉体は、初めて彰子と交わった頃の貪欲《どんよく》さを取り戻している。たちまちエレクトした分身を自慢したくなって、彰子の手を浴衣の裏側へと導いた。ブリーフは穿《は》いていない。じかに手が肉茎に触れると、彰子はキスをしながら、握りしごいてくる。

「ダメだ。もう我慢できない。ここでしよう。これだけ暗くなれば、もう外からは見えない」

「だったら、お風呂に入りましょう。見られそうで、入りたくても入れなかったんだから。でも、今なら大丈夫でしょ？」

「ああ、そうしよう」

二人はいったん部屋に入り、浴衣を脱いで、裸になる。

タオルを持って、バルコニーに出る。

湯けむりをあげている檜《ひのき》の浴槽は、二人が入っても充分の広さがあり、その前に小さな洗い場とシャワーがついている。

大輔は先にかけ湯をして、浴槽につかった。このお湯も源泉掛け流しで、わずかに硫黄《いおう》の香りがする。

外を向いてつかっていると、かけ湯をした彰子が浴槽をまたいで、入ってくる。

大輔に背中を向ける形で、外を見て、裸身を沈める。

わずかに体重を感じる。結《ゆ》いあげられた髪からのぞくうなじが色っぽすぎた。

「フェンスの下側が透明だから、すごくよく見えるのね」

「これほどの贅沢は経験がないよ。贅沢すぎて、怖いな」

大輔は背後から手をまわし込んで、乳房をとらえた。

お湯に濡れた乳肌は温かく、すべすべしていた。かるく揉むと、たわわな肉層がしなり、まとわりついてくる。

指先で中心の突起にかるく触れただけで、

「あんっ……」

彰子は声をあげて、わずかに顔をのけぞらせた。

「相変わらず敏感だね」

「さっきから、当たっているんだけど」

そう言って、彰子が右手を後ろにまわし、大輔のいきりたっているものをつかんだ。

お湯のなかで肉柱を後ろ手に握って、しごいてくる。

大輔は甘美な悦びのなかで、乳房を揉みしだき、乳首を転がす。

お湯の表面で、尖《とが》ってきた乳首を指の腹に挟んで右に左にねじり、トップを捏ねる。

「んんんっ……ぁああ、ダメっ……ぁあぅぅ」

うねりあがる快感に負けたのか、勃起をしごく彰子の指の動きが止まった。腰が揺れはじめて、大輔は肉棹の先を腰に擦りつける。

「ああ、もう……」

彰子が身体の向きを変えて、浴槽のコーナーに座るように言う。

大輔が腰をおろすと、そそりたっているものを、バルコニーの行灯《あんどん》の明かりが浮かびあがらせる。

彰子はいきりたちをそっとつかみ、顔を寄せてきた。チュッ、チュッと亀頭部にキスをして、鈴口《すずぐち》にちろちろと舌を走らせる。

それから、亀頭冠《きとうかん》の真裏を集中的に舌で刺激しながら、ちらりと見あげてくる。

「気持ちいいよ。最高だ。もう死んだっていい」

大輔が言うと、

「死なれたら困るから、やめようかしら？」

彰子が見あげてくる。

「いや、やめられたら困る」

「それなら、これからは、死ぬとか言わないで」

「ああ、ゴメン」

夫を亡くした彰子には、死ぬという言葉は禁句だった。

彰子が上から頬張ってきた。下を向いて、唇と舌で巻きくるめるようにして、亀頭冠とそのくびれを中心にしごいてくる。

「ああ、気持ちいいよ」

ひろがってくる快感に、大輔は酔いしれる。

彰子のフェラチオは、最初の頃と較べると、格段に上手くなった。いや、それは上手くなったというより、大輔の感じるポイントが、彰子にもわかってきたということだろう。

結局、セックスには、客観的な上手下手などはなく、お互いの相性と、相手にどう合わせられるかが大切なのだ。

その点では、彰子は相手に合わせる能力に長《た》けている。

亀頭冠のくびれを執拗《しつよう》に擦りながら、右手で皺袋をあやしてくる。

お手玉でもするように、やさしくぽんぽんしてから、皺のひとつひとつを丹念になぞってくる。そうしながら、先っぽを吸って、バキュームフェラをする。

この女を手放してはダメだ――。

あらためて、そう思う。

「んっ、んっ、んっ……」

短いストロークで、唇でしごかれると、ジーンとした痺《しび》れにも似た快感がうねりあがってきた。

「ああ、たまらない」

思わず言うと、彰子はちらりと見あげ、上目づかいで屹立を頬張りつづける。鼻の下が伸びて、ぽっちりとした赤い唇がOの字に開かれ、形を変えて、まとわりついてくる。

その柔らかな唇となめらかな舌が勃起を押し包みながら、往復する。すると、甘い快感がひろがって、もう挿入《そうにゅう》したくてたまらなくなった。

「ありがとう。そろそろ彰子のなかに入りたい」

言うと、彰子は見あげながら名残《なごり》惜《お》しそうに勃起を吐き出して、ゆっくりと立ちあがった。

外を向く形で湯船の縁《へり》をつかみ、腰を後ろに突き出してくる。

立ちのぼる白い湯けむりのすぐ向こうに、彰子の肉感的なヒップがあり、そのずっと向こうにも、ライトアップされた湯けむりが夜空に向かって何本もあがっている。

(冬なら、もっとくっきりと白くなるんだが……)

寒い季節のほうが、その温度差によって、湯けむりの柱はもっと白くなる。

(次は正月に、彰子とともに来ようかな。そのためにも、関係をつづけないとい

大輔はいきりたつものを尻たぶの底にあてがって、慎重に埋めこんでいく。お湯より熱いと感じる滾った肉路が包み込んできて、彰子がのけぞった。背中を弓なりに反《そ》らして、湯船の縁をつかみ、

「ぁあうぅぅ」

くぐもった声を洩らし、いけないとばかりに、口に手のひらを押し当てて、喘ぎ声を封じる。

肉路の締めつけをこらえて、大輔はゆっくりと腰をつかう。ギンギンになった分身が尻たぶの底に嵌まり込み、出てくる。徐々に打ち込みのピッチをあげて、深いところへ届かせる。

「あんっ……あんっ……ぁああ、ゴメンなさい。声が出ちゃう」

彰子が手を口に持っていく。

大輔はいったん突くのをやめて、前に屈んで、両手で乳房をつかんだ。火照《ほて》っている乳房を揉みながら、乳首を転がした。

「ぁああ、気持ちいい……こんなの初めて」

「省吾とはこういうことはしなかったんだ？」

「……ええ」

「すれば、よかったんだ。この先も二人でいろんなことを体験しよう。したいだろ？」

「ええ、体験したいわ」

「まずは、正月にこのホテルに来よう。正月なら、この湯けむりがもっと鮮《あざ》やかに見える」

「そうね。見たいわ」

「早いうちに、押さえておかないと。正月は混みそうだ」

「正月価格だから、高いわよ」

「わかっている。俺には妻も子供もいないから、お金には多少の余裕がある。家もある。きみを充分に養っていける」

そう言って、大輔は乳首を転がし、捏ねる。

「それは、どういう意味？」

「そういう意味だよ。俺はきみと一緒に生活したい。もちろん、着付け教室はつづけたらいい」

大輔は乳房を揉みしだきながら、かるく抜き差しをする。

「考えておいてくれ。俺はきみと一緒になりたい」

答えを聞かずに、大輔は打ち込みを強めた。

細腰をつかみ寄せて、後ろから打ち据えていく。

いっそう猛々《たけだけ》しくなった肉棹が深々と入り込み、尻と下腹部が当たって、乾いた音を立てる。

「あっ、あんっ、あんっ……」

彰子は抑えきれない声を洩らして、顔をのけぞらせる。

左右の垂れている鬢《びん》が揺れて、悩ましい。

「右手を後ろに」

言うと、彰子は右手を大輔に向かって伸ばしてきた。その前腕をつかんで、後ろに引っ張りながら、屹立を叩き込んでいく。

半身になった彰子の美乳が揺れて、お湯も波打って揺れる。白い湯けむりもゆらゆらとする。

「ぁああ、もう、もうイキそうなの……」

「まだイカせないよ」

大輔は腰の動きを止めた。

イキかけた彰子は朦朧《もうろう》とした目をしている。

「このまま、お湯につかろう」

大輔は後ろから挿入したまま、湯船に座る。腰をおろしながら、彰子を引き寄せる。

彰子はバックから嵌められた状態で湯船につかり、大輔は後ろから乳房を揉んだ。しこりきっている突起を指で転がすと、

「ぁああ、あああぁ……欲しい。ああ、いやいや……腰が勝手に動くの」

彰子は自ら尻を突き出して、屹立を深いところに招き入れる。

「ぁああ、おかしくなってる。わたし、へんよ……欲しい。あなたが欲しい」

腰を振りながら、せがんでくる。

「いったん抜くよ。前を向いて入れられるかな?」

大輔が言うと、彰子は方向転換して、腰を屈め、お湯のなかの屹立をつかんだ。

大輔の両足をまたぐようにして、勃起を導き、慎重に沈み込んでくる。肉柱がお湯より熱く感じる膣に嵌まり込んでいって、

「はうぅぅ……！」

彰子がしがみついてきた。抱きつきながら、キスを求めてくる。大輔も応えて、唇を重ねると、なめらかな舌が入り込んできた。

彰子はそうやってディープキスをしながら、我慢できないとでもいうように腰を揺らめかせる。

お湯の表面が波立ち、湯気《ゆげ》も揺れる。

物足りなくなったのだろう。彰子は大輔の肩につかまって、腕を伸ばして距離を取り、自分から腰をつかった。

大輔も目の前の乳房を揉みしだき、乳首に貪りつく。

チュー、チューと、音を立てて吸うと、

「ぁああ、あああ、イキたい。大輔さん、イカせて」

彰子はとろんとした目でせがんでくる。

大輔は結合を外して、彰子とともに湯船を出る。バルコニーのフェンスの前に彰子をしゃがませて、いきりたつものを頬張ってもらう。

「んっ、んっ、んっ……」

彰子は両手を大輔の腰に添えて、イチモツに情熱的にしゃぶりついてくる。激しく、小刻《こきざ》みに顔を打ち振って、屹立を追い込もうとする。

「いいよ。ありがとう。そこにつかまって……」

「見られるわ」

「見えないよ。早く！」

せかすと、彰子は柵につかまって、尻を突き出してきた。

仄白《ほのじろ》いヒップが行灯に浮かびあがって、大輔はその濡れた尻の底に打ち込んでいく。

勃起が根元まですべり込んでいって、

「はうぅぅぅ……！」

彰子が大きくのけぞった。

大輔は確認をする。

「正月はここで一緒に過ごそう。部屋を押さえていいね？」

「はい……」

「ありがとう。イッてほしい。俺も出すよ」

大輔は両手で腰をつかみ寄せて、ストロークのピッチをあげていく。

二人の前には、ライトアップされた別府の湯けむりが何本も立ちのぼって、夜空にあがりつづけている。省吾の顔が一瞬、脳裏に浮かんだ。だが、圧倒的な快感がそれを打ち消していく。

「イクよ。出すよ」

「ああ、ちょうだい。わたしもイクぅ……!」

つづけざまに打ち込んだとき、彰子は生臭い声とともに昇りつめ、大輔も熱い男液を子宮めがけて、放っていた。

※この作品は２０２３年5月8日から8月31日まで「日刊ゲンダイ」にて連載されたものに加筆修正した文庫オリジナル小説で、完全なフィクションです。

双葉文庫

き-17-69

同窓会《どうそうかい》の天使《てんし》

2023年10月11日　第1刷発行

【著者】
霧原一輝《きりはらかずき》

【発行者】
箕浦克史
【発行所】
株式会社双葉社
〒162-8540 東京都新宿区東五軒町3番28号
[電話] 03-5261-4818(営業部)　03-5261-4833(編集部)
www.futabasha.co.jp(双葉社の書籍・コミックが買えます)
【印刷所】
中央精版印刷株式会社
【製本所】
中央精版印刷株式会社

【フォーマット・デザイン】
日下潤一

ISBN978-4-575-52701-8 C0193
Printed in Japan

霧原一輝　色好みな相棒
オリジナル長編
コミカルエロス
冴えない営業マン、小林健介がオナニーをしていると、いきなりペニスがしゃべり出した。その助言に従うと、全てがうまくいきはじめた。

霧原一輝　トラッカー恋唄
オリジナル長編
旅愁エロス
長距離ドライバーとして全国を走り回る内山達生は、ヒッチハイクの若い女と関係を結んだことをキッカケに、女運が急上昇していく。

霧原一輝　女連れ開運ツアー
書き下ろし長編
列島縦断エロス
京都へのツアーに参加した49歳の榊原喜久夫は、そこで顔見知りの若い女性、小泉香奈と再会。意気投合した二人は、熱い夜を過ごす。

霧原一輝　鎌倉みだれ慕情
書き下ろし長編
伝奇エロス
妻を亡くし鎌倉にひとり移住した石川靖男は、近所で小さな骨董屋を見つける。そこで若い女店主から「いい人を紹介する」と言われて。

霧原一輝　美人社長のランジェリー
書き下ろし長編
下着エロス
下着会社の女社長をタクシーに乗せたのが縁で専属の運転手を任されることになった五十五歳の田中喜一郎は下着姿の女たちと交歓に耽る。

霧原一輝　ときめき淫ストール
オリジナル長編
筆下ろしエロス
30歳にして童貞の旅行会社社員山本裕也に全国各地の営業所を巡る仕事が回ってきた。裕也の日本を股にかけた女体巡りの旅が始まる。

霧原一輝　女連れごほうび旅
書き下ろし長編
旅情エロス
定年退職を前にバツイチとなった風間詠太郎は自分へのご褒美として個人ツアーに参加。日替わりの女性添乗員たちと身体を重ねることに。

霧原一輝　人妻専科　イカせます

オリジナル長編　回春エロス

妻に出て行かれたのを機に便利屋集団『よろず屋』に入った田辺清太郎は「女性専用のお助けマン」として女性たちの淫欲を満たしていく。

霧原一輝　突然のモテ期

オリジナル長編　僥倖エロス

三十八歳の山田元就は転職を機に究極レベルでモテモテに。オナニーで鍛えた「曲がりマラ」で、いい女たちを次々トロけさせていく。

霧原一輝　旅は道連れ、夜は情け

書き下ろし長編　旅情エロス

雑貨屋を営む五十二歳の鶴岡倫太郎は仕入れのために訪れた京都、小樽で次々と美女もゲットする。雪の角館では未亡人としっぽり——。

霧原一輝　この歳でヒモ？

オリジナル長編　第二の人生エロス

五十路を迎えてリストラ同然に会社を辞めた岩木孝太郎は、退路を断ちプライドを捨てて女への奉仕に徹することを決めた。回春エロス。

霧原一輝　アイランド　熱帯夜

書き下ろし長編　離島エロス

五十半ばの涼介は沖縄の離島で、三人の美女といい仲に。自由な性を謳歌できない狭い島で、旅行者は恰好のセックス相手なのだ——。

霧原一輝　夜も添乗員

オリジナル長編　旅情エロス

新米ツアコンの大熊悠平は、東尋坊の断崖で助けようとした女性と懇ろになったことを契機に準童貞からモテ男に。ついに憧れの先輩とも!?

霧原一輝　いい女ご奉仕旅

書き下ろし長編　献身エロス

旅先で毎回美女と懇ろになる恐るべき中年、倫太郎。南のマドンナ女教師から北国の旅館若女将まで、相談に乗って体にも乗っちゃいます！

霧原一輝　蜜命係長と女スパイ
書き下ろし長編
企業秘蜜に
カラダを張れエロス
リゾート開発プランがハニートラップによって盗まれた！　かくなる上はハニトラを逆トラップにかけるまで！　刺客はどの美女だ？

霧原一輝　オジサマが好き♡
オリジナル長編
中年のモテ期エロス
「がっつかないところや舐め方が丁寧なのが好き！」体力的に止むに止まれぬスローセックスが逆に美点に！　あ〜、オジサンでよかった！

霧原一輝　鎌倉の書道家は未亡人
書き下ろし長編
長編やわ筆エロス
空港でのスーツケース取り違えがきっかけで美しすぎる未亡人書道家と出会った祐一郎は北陸の秘境宿でついに一筆入魂、カキ初めする！

霧原一輝　艶距離恋愛がいい！
遠くても会いにイク
長編エロス
姫路の未亡人から始まって大阪の元ヤントラッカー、名古屋の女将、福岡ではＣＡと、立て続けにベッドイン。距離に負けない肉体関係！

霧原一輝　追憶の美女　日本海篇
ヤリ残し解消
長編エロス
事故で重傷を負った康光は、走馬燈のように浮かんだ過去の女性たちを訪ねる旅に出る。意気地がないゆえ抱けなかった美女たちを。

霧原一輝　オジサマはイカせ屋
実践的
性コンサルタント
長編エロス
独り身のアラフィフ、吉増泰三は会社勤めの傍ら「実践的性コンサルタント」として日々悩める女性の性開発をする。若妻もＯＬも絶頂へ！

霧原一輝　淫らなクルーズ
10発6日の
乱倫長編エロス
憧れの美人課長に誘われたのは、ハプバー常連のクルーズ旅で、うぶな鉄平は二穴攻めの３Ｐなど、濃ゆいセックスにまみれるのであった。